東野圭吾

伽利略的苦惱

王蘊潔——譯

導讀——

偶像不愧是偶像

台灣推理作家協會前會長 **杜鵑窩人**

曾經有機會在兩場中間相隔兩年，卻都是有心創作偵探推理小說的學員參與的推理創作課程中對他們發表演講；我同時都對這些學員們做了一些現場調查。結果當我問有多少人看過愛倫坡和福爾摩斯這些作品時，竟然只有寥寥可數的學員舉手；而當我問他們都看過誰的作品時，竟然有超過九成以上的人異口同聲回答是「東野圭吾」！這樣的答案真的讓我訝異和驚嘆不已。但是如果再回頭看皇冠出版社出版的《解憂雜貨店》的再刷次數就不奇怪了。東野圭吾應該是台灣讀者最多的日本推理作家，這是無庸置疑的。畢竟，據我所知台灣有七家出版社出過他的作品耶！

其實，東野圭吾並不是真的一帆風順的人生勝利組，他也經歷了很多的考驗和磨難。十三年前，我和作家冷言在高雄招待權田萬治先生和島崎博先生，據權田萬治先生說東野圭吾從一九八五年獲得《放學後》獲得江戶川亂步獎後的十多年中，竟然有著「一刷作家」的「美名」，直到一九九九年的《秘密》一書，因為改編成廣末涼子主演的電影才擺脫掉這個「美名」，當時我和冷言幾乎不敢相信這個消息，因為東野圭吾當時在台灣已經很紅很旺了。而東野圭吾在二〇〇六年以「伽利略系列3」的《嫌疑犯X的獻身》獲得「直木賞」之前，已經在這個獎項失敗了四次，這件事他甚至在《大概是最後的招呼》這本自傳體中自嘲過不只一次。

東野圭吾以本格推理作品《放學後》出道，早期以校園推理為主，而他縝密細緻的劇情布局獲得讀者的欣賞；後期的創作逐漸擺脫了傳統本格推理的框架限制，作品能夠兼具文學性和娛樂性的平衡感，不斷帶給讀者極其新鮮的閱讀感受，也增加了改編成影視作品的機會，而這又讓他吸引了更多的讀者回頭去讀他的小說，形成一種良性循環。畢業於大阪府立大學工學部電氣工學科的他，由於本身就具有理工基礎，曾在《大概是最後的招呼》中表示自己想要活用科學知識的想法，進一步驅使他去創造出科學推理的伽利略系列。

本書《伽利略的苦惱》是伽利略系列的第四集，前三集是《偵探伽利略》、《預知夢》和《嫌疑犯X的獻身》，這幾集彼此之間除了主角湯川學和警方的配角草薙、內海薰之外並無劇情相互連貫而造成影響，如果讀者沒有照著出版順序來加以閱讀其實也沒有太大的問題，並不會有讀不下去的情形。以這個系列作品而言，作者對讀者很溫柔；尤其和加賀恭一郎系列那些盤根錯節的人際關係相比，這個感覺更是強烈。短篇偵探推理小說其實是這個小說系列的濫觴，更加考驗作者在小說敘事布局和推理謎團詭計兩者中間的平衡感。作者不愧是台灣許多創作者的偶像，處理得很完美。那麼你能找出本書這五篇作品中，伽利略的苦惱是什麼嗎？等你來挑戰！

contents

目錄

第一章——墜落 009

第二章——操縱 057

第三章——密室 141

第四章——指標 183

第五章——攪亂 225

ひがしの　けいご

ガリレオの苦悩

第一章

／

墜落

1

前一刻還飄著的小雨似乎停了。今天的運氣真不錯——三井禮治跳下有頂篷的機車，覺得自己賺到了。雖然剛才下大雨時也照樣騎著機車外送，幸好去的都是停車場位在地下室的大廈，所以送披薩到客人家門口時完全沒有淋到雨。

雖然客人買的商品裝在盒子裡，但在雨天送貨終究不是一件愉快的事，更何況送的是食物，身上淋到雨也很不舒服。

他鎖好機車，捧著披薩邁開步伐時，一把大雨傘迎面撞了過來，手上的披薩差點失手掉在地上。

他「啊！」了一聲，但撐雨傘的男人沒有打聲招呼就準備離開。那個男人穿著深色西裝，看起來像上班族，似乎沒有察覺雨已經停了，所以撐著雨傘走在街上。可能因為被雨傘擋住了視線，所以看不到前方。

「喂！別走！」

三井大喝一聲的同時跑過去，抓住了拎著公事包的男人。

男人轉過頭，不耐煩地皺起眉頭。因為他的態度並沒有很兇，三井氣勢洶洶地質問：「你撞到我，連氣都不吭一聲嗎？我要送的貨差點被你撞到地上。」

「喔……對不起。」男人說完，轉頭準備離去。

「就只有一句對不起嗎？」

三井在咂嘴的同時，眼角看到了不尋常的景象。一個黑影由上而下，以驚人的速度一掃而過。

緊接著聽到一聲巨響。他看向那個方向，發現一團黑色的東西倒在大廈旁的馬路上。一個女人剛好經過，尖叫著倒退了幾步。

「嗚哇，嗚哇，嗚哇哇！」

三井戰戰兢兢地走了過去。剛才那個尖叫的女人躲在電線杆後方。

那團黑色的東西明顯是人，但手腳扭向奇怪的方向。因為一頭長髮散開，所以看不到臉部。也許看不到才是好事，因為應該是頭部的地方慢慢流出了液體。

四周傳來議論的聲音，三井這才發現周圍漸漸有人聚集。

跳樓嗎？有人問。三井這才終於恍然大悟。

太驚人了，太驚人了，太驚人了，真的假的，我竟然親眼目睹了驚人的一幕——他忍不住興奮起來。如果告訴朋友這件事，大家一定都很有興趣！他越想越激動。

但是，他並沒有繼續靠近屍體。雖然他很想近距離觀察，但心裡還是有點發毛。

他聽到旁邊有人說要叫救護車，也有人說要報警。這些人並沒有目睹那個瞬間，所以也比較冷靜。

三井也情緒稍微平靜了一些，同時想起自己小心翼翼地捧在手上的東西。

差點忘了，要先去送餐——他拿著披薩跑了起來。

2

現場位在大廈的其中一戶，兩房一廳的格局，客廳看起來超過七坪，另外兩個西式房間也很寬敞。內海薰回想著自己的房間，忍不住感慨，同樣是單身女性的生活，真是大不相同。話說回來，也可能是因為自己懶得整理家裡，所以才會讓住處感覺很狹小，她完全不記得自己上一次是什麼時候用吸塵器打掃房間。

這個房間整理得很乾淨，看起來很高級的沙發上只放了兩個圓形抱枕，電視周圍和書架也都井井有條，最讓薰難以理解的是，餐桌上竟然沒有任何東西。

地上當然也一塵不染，往陽台的落地窗前有一台吸塵器，房間的主人應該每天都用吸塵器打掃。唯一令人感到格格不入的，就是竟然有一個鍋子掉在吸塵器旁，鍋蓋滾到了電視旁。

薰猜想房間的主人原本可能正準備下廚，於是走去廚房張望。流理台旁有一瓶橄欖油，瀝水架上放著鋁盆、菜刀和小碟子，流理台內的三角瀝水籃內丟著番茄皮。

薰打開了冰箱，一眼就看到了一大盤番茄和起司，旁邊放了一瓶白酒。

房間的主人原本打算用這瓶葡萄酒舉杯慶祝嗎？薰忍不住想。

這個房間的主人名叫江島千夏，今年三十歲，在銀行上班。看駕照上的照片，感覺是一個溫柔穩重的人，但薰猜想她可能個性很好勝，而且很精明，並不能因為她有一張圓臉，眼尾還有點下垂，就覺得她是沒脾氣的好好小姐。

薰走回客廳，有好幾名刑警頻繁地在陽台和客廳之間走來走去。薰已經看開了，決定先等他們的工作告一段落再說。即使搶著去陽台察看，也不見得能夠發現什麼線索，這種爭先恐後，生怕被別人搶先的猴急正是男人幼稚的地方。

她走向放在客廳牆邊的櫃子，旁邊有一個雜誌架，裡面放了雜誌。薰瞥了一眼之後，打開了櫃子的抽屜，發現裡面有兩本相簿。她用戴上手套的手小心翼翼地翻開相簿，其中一本似乎是她參加同事婚禮時拍的照片，另一本看起來像是參加聚餐或是銀行活動時的照片。幾乎所有的照片都是和女人的合影，沒有任何一張是單獨和男人合照。

薰把相簿放回抽屜，把抽屜關上時，前輩草薙俊平一臉掃興地走了回來。

「情況怎麼樣？」她問。

「很難下定論。」草薙噘起了下唇，「雖然我覺得可能只是單純的跳樓，現場也沒有打鬥的痕跡。」

「但是，玄關的門沒有鎖。」

「我知道。」

「如果她一個人在家，應該會鎖門。」

「在想要自殺的精神狀態下，可能會和平時的舉動不太一樣。」

薰注視著前輩刑警搖了搖頭。

「我認為無論在怎樣的精神狀態下，日常的習慣都不會改變。打開門進屋，關上門之後就會鎖上——我相信這種事應該已經習慣成自然了。」

「未必每個人都是這樣。」

「我認為女生一個人住的話，都會養成這種習慣。」

薰用略微強烈的語氣說，草薙不悅地閉了嘴，然後抓了抓鼻翼，似乎在調整自己的心情。

「那就來聽聽妳的意見，妳認為門為什麼沒有鎖？」

「很簡單，一定有人沒有鎖門就離開了，也就是說，當時房間內還有另一個人，八成是跳樓身亡女子的男朋友。」

草薙挑起單側眉毛。

「妳的推理很大膽。」

「會嗎？你有沒有看冰箱？」

「冰箱？沒有。」

薰走去廚房，打開了冰箱門，拿出大盤子和葡萄酒，然後端到草薙面前。

「我並不會說，單身女子不會一個人在家喝葡萄酒，但如果是自己吃，不會把開胃菜擺盤得這麼漂亮。」

草薙皺起鼻子，抓了抓頭。

「轄區分局的刑警明天早上要開會，妳也去參加，那時候解剖報告應該已經出爐了，到時候再來討論這件事也不遲。」說完，他好像在趕蒼蠅般在臉前揮了揮手。

薰跟在前輩刑警身後準備走出房間時，發現玄關的鞋櫃上放了一個紙箱，正在穿鞋子的她停了下來。

「怎麼了？」草薙問她。

「這是什麼？」

「好像是宅配的包裹。」

「我可以打開看看嗎？」

紙箱上的膠帶還沒有拆開。

「不要隨便亂動，轄區的刑警應該會確認裡面的東西。」

「我現在就想看，只要向轄區警局的人打聲招呼就行了嗎？」

「內海，」草薙皺著眉頭，「妳本來就顯得格格不入了，所以不要做一些引人注目的事。」

「我格格不入嗎？」

「不，我不是這個意思……我是說，大家本來就很注意妳，所以妳要節制點。」

什麼意思嘛！薰心裡這麼想，但還是點了點頭，反正這不是第一次必須接受這種難以理解的事。

隔天早晨，薰前往轄區分局的深川分局，看到草薙一臉不悅的表情在等她。上司間宮也在。

「辛苦了。」間宮一看到薰，就一臉嚴肅地向她打招呼。

「股長……你怎麼會在這裡？」

「當然是被叫來的，這次由我們負責。」

「由我們負責？」

「因為有他殺的嫌疑，在房間內找到了毆打被害人頭部的兇器，所以決定成立聯合搜查總部。」

「兇器？是什麼兇器？」

「鍋子，一個長柄鍋。」

「喔喔。」薰想起了掉在地上的那個鍋子，「原來那就是兇器……」

「鍋底沾到了被害人微量的血跡，可能是毆打致死，或是用鍋子敲昏之後，從陽台上丟下去，竟然有這麼心狠手辣的人。」

薰在聽間宮說話時偷偷看向草薙，草薙好像在逃避她的視線般轉過頭，用力乾咳了一聲。

「兇手是男人嗎？」薰問間宮。

「這一點應該不會錯，這不是女人有辦法做到的事。」

「目前只找到兇器而已嗎？」

「兇器的把手部分、桌子和門把上的指紋都擦掉了。」

「既然兇手會擦掉指紋，顯示不是強盜犯案。」

因為如果是強盜，一定會戴上手套。

「應該是熟人犯案，兇器也是使用現場的東西，皮夾和信用卡類也沒有動，只有手機不見了。」

「手機……兇手可能擔心警方調查通聯紀錄。」

「如果是這樣，就未免太傻了。」草薙說，「只要問電信業者，就馬上可以查到通聯紀錄，這等於在告訴我們，兇手和被害人熟識。」

「可能當時太慌張了，因為無論怎麼看，都不像是計畫犯案。那就向電信業者調閱通聯紀錄，徹底清查被害人的男性交往關係。」間宮做出了這樣的結論。

之後立刻召開了偵查會議，負責調查的刑警報告了目前調查到的目擊證詞。

「被害人墜樓後，大廈周圍立刻聚集了圍觀的人，並沒有看到任何可疑人物。江島千夏的房間位在七樓，六樓的住戶聽到動靜後從窗戶往下看，然後馬上走出房間搭了電梯。在該住戶搭電梯前，電梯停在七樓，該住戶搭電梯時，電梯內也沒有人。如果有人把江島千夏推下樓後立刻逃走，那時候電梯應該不可能停在七樓。那棟大廈只有一部電梯。」

偵查會議上也討論了兇手走逃生梯的可能性，但深川分局的偵查員認為，逃生梯和墜樓現場位在同一側，而且是戶外的樓梯。如果兇手走逃生梯，聚集在屍體周圍的圍觀民眾一定會看到。

兇手把被害人推下樓之後，到底去了哪裡？——這個問題成為目前最大的謎團。

「有一個可能，」間宮表達了意見，「兇手會不會是住在同一棟大樓的住戶？只要在犯案後回到自己家中，就不會被任何人看到。」

所有人聽了警視廳搜查一課股長的意見，都紛紛用力點頭。

3

當天晚上，名叫岡崎光也的男子主動來到深川分局。薰和草薙剛好結束一天的查訪工作回到分局，於是就去見了那名男子。

岡崎年約三十五、六歲，身材削瘦，一頭短髮分得很整齊。薰覺得他像業務員，問了他的職業，果然猜中了。他在大型賣場的知名家具行當業務。

岡崎說，他昨晚去了江島千夏家。

「她是我大學網球社的學妹，雖然她比我小五屆，但我在畢業之後也經常去玩，所以就認識了她。我們有很長一段時間沒有見面，半年前在街上遇到，之後就經常相互傳訊息。」

「只有傳訊息而已嗎？有沒有約會？」薰問他。

岡崎慌忙搖了搖手。

「我們不是這種關係，昨天去她家，是因為前天白天的時候接到她的電話，說她想換一張床，希望我帶一份型錄給她看。」

「學妹把學長叫去自己家裡嗎？」草薙在語尾強調了疑問的語氣。

「對我們來說，去她家裡最理想。因為如果不瞭解她居住的環境，無法向她推薦理想的商品。」

即使對方是學妹，他也會用平時對待客戶的方式處理。

「以前也曾經有過類似的情況嗎？我的意思是，你以前也做過江島小姐的生意嗎？」草薙問。

「有啊，她家的沙發和桌子都是向我買的。」

「原來是這樣，你昨天幾點左右去她家？」

「我和她約八點，並沒有很晚。」

「當時有沒有發現江島小姐有什麼異狀？」

「沒什麼特別的異狀，我向她出示了型錄，向她說明有各種不同的床。江島不時點頭聽我說明，最後並沒有當場決定。因為我向她建議，買床的話最好還是實際試躺一下之後再決定。」

「你們是在哪裡談這些？」

「在她家裡，坐在客廳的沙發上……」

「你幾點離開她家？」

「我想一下，應該是八點四十分左右離開她家，因為她說等一下有客人要上門。」

「客人？她說和客人約幾點？」

「這我就……」岡崎偏著頭。

「請問一下，」薰開了口，「玄關不是有一個鞋櫃嗎？」

「啊？」

「鞋櫃，就在江島小姐家的玄關。」

「喔……是啊，有一個鞋櫃，但那是本來就附的鞋櫃，並不是我們店的商品……」

「我不是問這個，鞋櫃上有一個紙箱，你記得這件事嗎？」

「紙箱……」岡崎露出困惑的表情轉動眼珠子，微微偏著頭，「我不太清楚，好像有，但記不清楚了，很抱歉。」

「是嗎？那沒關係。」

「請問那個紙箱有什麼問題嗎？」

「不，沒有問題。」薰搖了搖手，看向草薙，輕輕點了點頭，為自己插嘴發問道歉。

「你是什麼時候知道這起事件？」草薙問。

「我今天才看到新聞，但更早就得知了這起事件，或者說發生的時候就知道了……」岡崎突然吞吞吐吐起來，說話也有點語無倫次。

「什麼意思？」

「我看到了，看到了墜樓的瞬間。」

「啊？」薰和草薙同時叫了起來。

「我離開江島家後並沒有馬上離開那裡，因為我記得另一個老客戶就住在附近，我打算去拜訪一下那位老主顧，但後來沒有找到那個客戶的家，當我又轉回江島家的大廈附近時，就發生了那起墜樓事件。光是這件事就已經夠震驚了，看了今天的新聞，得知是江島，認識的人和自己見面之後就被殺了，這已經不是震驚而已，而是讓人感到害怕了。我就在想，也許可以幫上什麼忙，所以就主動來這裡說明。」

「謝謝你提供了寶貴的資訊。」草薙向他鞠了一躬，「你剛才說，墜樓的時候你就在現場，當時是一個人吧？」

「當然。」

「這樣啊。」

「有什麼問題嗎？」

「沒有。你向我們提供了這麼寶貴的資訊，實在很不好意思問你這個問題，但我們的工作就是凡事都必須查證。按照目前的情況，調查紀錄上只會留下你曾經去過江島小姐家的紀錄……」

「喔。」岡崎一臉意外的表情看了看草薙，又看向薰，「你們在懷疑我嗎？」

「不，並不是這樣。」

「江島墜樓時，我的確是一個人，但旁邊並不是完全沒有人，而且那個人剛好和我說話。」

「誰？」

「披薩店的店員，我記得是『DoReMi披薩』。」

岡崎說，送披薩的店員叫住了他，正在向他抱怨，然後就聽到江島千夏墜樓的聲音。

「早知道應該問那個店員的名字。」岡崎一臉懊惱地咬著嘴唇。

「沒關係，我們應該可以查到，不必擔心這件事。」

岡崎聽了草薙的話，露出鬆了一口氣的笑容說：「那真是太好了。」

「請問你有帶附有相片的身分證明嗎？如果你同意，是否可以讓我們影印一下？我們在確認之後一定會銷毀。」

「沒問題。」岡崎拿出了員工證，員工證的那張照片中，他看著正前方，嘴角露出淡淡的笑容。

4

岡崎離開後，他們一起去向間宮報告。

「也就是說，被害人在家具店的人離開之後，還約了要和其他人見面嗎？」間宮抱著手臂。

「那一大盤開胃菜的疑問也有了答案。」草薙小聲對薰說。

「從現場的狀況判斷，絕對是和被害人關係密切的男性。」間宮搖著豎起的食指，「命案發生至今已經過了整整二天，那個人卻沒有主動到案說明太奇怪了，可以認為他和這起命案有關。」

「我有一個疑問，被害人和下一個客人約在幾點見面呢？」薰看了看上司，又看向前輩刑警。

「家具店的那個人在八點四十分左右離開，所以應該約了九點吧？」

薰聽了草薙的回答後看著他。

「如果是這樣，從兇手進入房間到命案發生，只有十分鐘的時間。」

「十分鐘就足以犯案了。」

「我知道，但兇器是鍋子。」

「那又怎麼樣？」

「目前不是認為，並不是計畫犯案嗎？」

「喔！」間宮叫了一聲，「有道理，原來是這樣。」

「怎麼了？連股長也知道她在說什麼嗎？」

「先聽聽內海的意見——妳繼續說下去。」

「如果不是計畫犯案，而是臨時起意，一定有讓兇手決心殺人的原因。在兇手進門十分鐘期間，發生了足以讓他在衝動之下殺人的事嗎？」

間宮笑著抬頭看向草薙。

「草薙刑警，你怎麼看？年輕女刑警的意見很犀利喔。」

「兇手可能在九點之前去被害人家，可能是八點四十五分之類的。」

「要去別人家裡時，會約這種不上不下的時間嗎？」

「這種事，只要自己高興就好。」

「也對。」

「內海，」間宮用力瞪著她，「妳是不是想說什麼？」

薰低下頭，緊抿著嘴。她的確有話要說，只是她沒有自信，不知道這兩位上司是否能夠理解自己的感覺。

「別悶不吭聲，有話就說出來。」

薰聽到間宮這麼說，抬起了頭，吐了一口氣。

「就是宅配的包裹。」

「宅配？」

「江島千夏收了宅配的包裹，包裹就放在玄關的鞋櫃上，應該是昨天傍晚收到的。」

「妳一直對那個包裹耿耿於懷。」草薙說，「剛才也問了那個家具店的人同樣的問題，妳為什麼那麼在意那個包裹？」

「我完全沒有聽說宅配包裹的事，是怎樣的包裹？」間宮問草薙。

「好像是被害人郵購的商品。」

「是什麼商品？」

「目前還沒有確認……」

「是內衣。」

兩個男人聽了薰的回答，忍不住「啊？」了一聲。

「妳擅自拆開來看了嗎？」草薙問。

「沒有，但是我知道，裡面八成是內衣，或是類似的商品。」

「妳怎麼知道？」間宮問。

薰猶豫了一下，不禁感到後悔，但她努力故作平靜地繼續說：

「因為紙箱上印了公司的名字，那家公司是知名的內衣廠商，最近在郵購方面的業績大幅成長。」她猶豫了一下後補充說：「我想女人應該都知道。」

前輩刑警和上司臉上露出了困惑的表情，尤其是草薙，很想說些低俗的玩笑話，但在薰的面前還是忍住了。

「這樣……啊，原來是內衣啊。」間宮似乎也在思考該怎麼接話，「所以，這有什麼問題嗎？」

「從現場的狀況推測，被害人收了宅配的包裹之後，就把紙箱一直放在鞋櫃上。」

「所以呢？」

「如果有客人會來家裡，應該不會這麼做。」

「為什麼？」

「為什麼……」薰忍不住皺起眉頭，「我說了好幾次，因為那是內衣，不會想讓別人看到。」

「雖然妳這麼說，但那不是全新的內衣嗎？而且裝在紙箱裡，照理說不會太在意啊——對不對？」間宮徵求草薙的同意。

「我也這麼認為，而且只有妳知道那裡面是什麼東西，普通人應該不會知道，男人就更不知道了。」

薰感到心浮氣躁，但還是發揮耐心繼續解釋。

「通常會認為縱使是男人，可能也知道。即使是全新的內衣，即使裝在紙箱裡，女生都不想讓別人瞭解自己內衣相關的事。如果事先知道有客人來家裡，絕對會先收起來。即便一時忘了，在去開門之前，應該也會發現。」

草薙和間宮一臉為難地互看了一眼，因為這有關女人的心理，所以他們也沒有強烈反駁的自信。

「雖然妳這麼說，但紙箱就放在那裡啊，還是說，是兇手放在那裡的嗎？」草薙問。

「我並沒有這麼說。」

「那妳到底想說什麼？」

「我認為可能並沒有必要收起來。」

「什麼意思？」間宮問。

「我剛才也說了，照理說，在客人造訪之前會把紙箱收起來，更何況是男性客人。她既然沒有這麼做，是否意味著沒有這個必要。」

「為什麼沒這個必要？不是有客人上門嗎？那個家具行的人。」

「是啊。」

「既然這樣，不是有必要嗎？」

「照理說是這樣，但有一種情況，就是即使有客人上門，也不需要把內衣收起來。」

「怎樣的情況？」

「就是訪客是男朋友的情況。」薰繼續說，「如果岡崎光也是江島千夏的男朋友，就不需要特地把紙箱藏起來。」

「DoReMi披薩木場店」離深川分局很近，走路就可以到了。

要找出在那個時間外送披薩的店員並不費力，那是名叫三井禮治的年輕人。

「對，的確是這個人，我把披薩從機車上拿下來時，他撞到了我，然後沒有道歉就想離開，我叫住了他，數落了他幾句。接著就有人跳樓了。」三井看著岡崎的照片，明確地回答。

「你不會認錯人吧？」草薙再三向他確認。

「不會，因為曾經發生那件事，所以我印象很深刻。」

「謝謝你提供協助。」草薙把照片放進胸前的口袋，同時瞪了薰一眼，似乎在說，現在妳滿意了吧？

「他當時的情況怎麼樣？」薰問三井。

「怎麼樣？」

「有沒有什麼不尋常？」

「嗯，我不太記得了。」三井皺著眉頭，偏著頭想了一下，然後似乎想起了什麼，「對了，他當時撐著雨傘。」

「雨傘？」

「那時候雨已經停了，但他撐著雨傘，所以才會看不到前面撞到我。」三井嘟著嘴說。

5

「我從來沒有和江島小姐聊過那方面的事，其他刑警也問了我這個問題，但我也只能這樣回答。」前田典子一臉歉意地低著頭。她的白襯衫外穿了一件藍色背心，似乎是這家銀行的制服。

薰來到江島千夏任職的銀行，那是位在日本橋小傳馬町的分行。她借用了二樓的一間會客室，正在向和江島千夏私交最好的前田典子瞭解情況。

前田典子說的「那方面的事」，是指江島千夏的感情問題。前田典子說，江島千夏對結婚抱持否定的態度，甚至曾經說，一輩子單身也沒有關係。

「她最近有沒有和之前不一樣呢？」

「嗯，但至少我沒有發現。」

「妳認識這個男人嗎？」薰出示了一張照片。

但前田典子的反應令人失望。「我不認識這個人。」

薰輕輕嘆了一口氣。

「我瞭解了，不好意思，打擾妳工作。最後，我可不可以看一下江島小姐的座位？」

「座位……嗎？」

「對，我想看看她在怎樣的環境工作。」

前田典子露出一絲困惑的表情點了點頭說：「我去請示一下上司。」

幾分鐘後，前田典子走回會客室，說上司同意了。

江島千夏的座位在二樓融資窗口附近，桌上整理得很乾淨。薰在她的座位上坐了下來，打開了抽屜，抽屜內的筆、印章和大大小小的資料都收拾得井然有序。薰想起江島千夏的家裡也一樣，不同的是，這裡完全感受不到她有男朋友的跡象。

一個矮小的中年男人走了過來。

「請問這個座位要保留到什麼時候？」

「啊，這……」薰答不上來。

「之前來調查的刑警說，要暫時保留原狀，因為有新人要進來，所以我們希望可以先整理一下。」

「我瞭解了，我會向上司確認。」

「那就麻煩妳了。」中年男人說完就離開了。

薰準備放棄，正打算關上抽屜時，看到了一份文件。

「這是什麼？」她問前田典子。

「這是變更密碼的申請書。」她看了文件後回答。

「這是客人的申請書嗎？」

「不，看起來像是她打算變更自己提款卡的密碼，因為上面寫了她的名字。」

「她為什麼要改密碼？」

「這我就……」前田典子偏著頭，「可能有什麼問題。」

薰想到了一件事。

「不好意思，我還有一件事想請妳幫忙，可以嗎？」薰忍不住大聲問，她激動的樣子讓周圍的人都忍不住看了過來。

當天晚上，薰獨自坐在深川分局的小會議室內。她面前的紙箱內都是在江島千夏家裡發現的文件資料，她逐一仔細清查，但並沒有發現她所期待的東西。

正當薰嘆氣時，聽到了開門的聲音。

走進會議室的是草薙，他看著薰，露出了苦笑。

「發現了什麼有趣的東西嗎？」

「我原本就不認為可以這樣輕易找到。」

「妳到底在找什麼？如果妳想利用這個機會露一手，我勸妳別異想天開了。」

「我才沒有想要露一手，只是股長指示要調查江島千夏的人際關係，所以我在查她的男朋友。」

「股長說要先調查大廈的住戶中，有沒有人和江島千夏有密切的關係。」

薰用力深呼吸後搖了搖頭。

「江島千夏的交往對象並不是那棟大廈的住戶。」

「妳憑什麼斷言？」

「首先，她的手機通聯紀錄中並沒有住在同一棟大廈住戶的電話號碼，也沒有電子郵件信箱。」

「因為住在同一棟大廈，所以不需要打電話或是傳訊息。」

薰搖了搖頭說：「不可能。」

「為什麼？」

「正因為近在咫尺，所以更想打電話，女人都這樣。」

草薙不悅地陷入了沉默，每當薰說這句「女人都這樣」，他就無法反駁了。

「而且還有另一點，根據我的調查，住在那棟大廈的所有男人都已經結婚了，其他的都未滿十八歲。」

「那又怎麼樣？」

「那些男人無法成為被害人的結婚對象。」

草薙聳了聳肩。

「男女關係未必都是以結婚為目的。」

「我當然知道這一點，但江島千夏不一樣，她交往的男朋友是以結婚為前提。」

「妳憑什麼斷言？」

「你還記得客廳的櫃子旁有一個雜誌架嗎？雜誌架裡有好幾本結婚資訊雜誌，而且都是上個月新出刊的。」

草薙聽了薰的話閉了嘴，但舔了舔嘴唇說：

「也許她只是很嚮往結婚。我記得江島千夏三十歲，會急著想結婚也很正常。」

「沒有女人會因為嚮往結婚去買結婚資訊雜誌。」

「是嗎？很多男人即使不打算買車，也會去買汽車雜誌。」

「請你不要把買車子和結婚混為一談，我認為江島千夏有交往中的對象，而且已經論及婚嫁了。」

「果真如此的話，不是會留下通聯紀錄嗎？但目前並沒有發現這樣的對象，這又是怎麼一回事？」

「我們發現了，我認為我們已經發現了，只是又被他溜走了。」

草薙雙手扠腰，低頭看著薰。

「妳的意思是說，她交往的對象是岡崎光也。」

薰沒有回答，他心浮氣躁地抓了抓頭。

「聽說妳去了被害人工作的分行，打聽了不少事，這樣不太好，負責去分行查訪的人都來向我抱怨。」

「對不起。」

「因為是妳的關係，所以他們也沒太計較，但妳不是最討厭因為自己是女人而有特別待遇嗎？」

「我晚一點會去向他們道歉。」

「不必了，我已經向他們道歉了。聽說妳拿著岡崎的照片四處向被害人的朋友打聽，是不是認識這個男人。」

薰再度沉默不語，她之前就作好了心理準備，知道這個舉動早晚會被人知道。

「妳還在懷疑岡崎嗎？」

「我認為他是頭號嫌犯。」

「對於妳這種古怪的想法，應該已經有結論了。如果他是兇手，應該不會主動到案說明。」

「是嗎？我認為岡崎之所以會主動到警局說明，是因為他知道我們一查手機的通聯紀錄，就會去調查他，所以他用這種方式先發制人。」

「如果是這樣，他沒有理由把手機帶走。」

「這是為了爭取時間，我相信岡崎在到案說明之前，絞盡腦汁思考要如何向警方說明。」

「岡崎目睹了江島千夏墜樓，而且還有證人，還是說，妳認為披薩店的店員也是同夥？」

「我可沒這麼說。」

「那在樓下的人，要怎麼殺了在七樓的人？」

「我認為岡崎行兇的時候，當然在被害人家裡，之後可能用了什麼方法，讓屍體在他離開公寓之後才墜樓。」

「妳是說他在別的地方，用遠距離操作的方式讓屍體墜樓嗎？」

「也可能用了定時器之類的裝置……」

草薙看著會議室的天花板，做了投降的動作。

「屍體墜樓後不久，警察就進入了江島千夏家裡，如果有這種裝置，當然早就發現了。」

「如果是不會被人發現的裝置呢？」

「怎樣的裝置？」

「這……我就不知道了，只是我覺得很奇怪，聽那個披薩店的店員說，那時候雨已經停了，但岡崎仍然撐著雨傘。岡崎說，他之前在附近打轉，如果是這樣，不是應該發現雨已經停了嗎？」

草薙緩緩搖著頭說：

「妳想太多了，我知道妳對很多狀況感到不解，但在沒有其他答案的時候，就必須加以接受。岡崎是清白的。」草薙轉身準備離去。

「草薙先生，」薰繞到了這位前輩刑警面前，「我想拜託你一件事。」

「什麼事？」

「可以請你介紹那位先生給我認識嗎？」

「那位先生？」草薙詫異地皺起眉頭後，似乎理解了薰在說什麼，撇著嘴角。

「就是帝都大學的湯川學副教授。」

草薙在臉前搖了搖手說：「我勸妳打消這個念頭。」

「為什麼？我聽說你之前多次因為聽取了湯川副教授的建議偵破了案子，既然這樣，我是不是也可以請他協助？」

「他不會再協助警察了。」

「為什麼？」

「因為……一言難盡。而且他是學者，並不是偵探。」

「我並不是要找他破案，只是希望他協助驗證，是否有什麼方法可以在遠處操作，讓屍體從七樓的陽台墜樓。」

「他一定會說，科學並不是變魔術，所以妳還是打消這個念頭。」草薙推開薰的身體，準備走向走廊。

「請等一下，請你看一下這個。」薰從皮包裡拿出一張申請表。

草薙一臉無奈地轉過頭問：「這是什麼？」

「這是在江島千夏的辦公桌抽屜裡找到的，是提款卡密碼的變更申請書，雖然還沒有交出去，但她想要變更密碼。」

「所以呢？」

「你認為她為什麼要變更密碼？」

「是不是密碼被別人知道了？」

「不，我想應該不是這種情況。」

「妳怎麼知道？」

「因為她的提款卡密碼是0829，但她認為繼續使用這個密碼不太妥當。」

「為什麼？」

薰用力吸了一口氣，在慢慢吐出來之後說：

「因為岡崎光也的生日是八月二十九日。」

「啊……」

「這當然只是巧合，因為江島千夏應該在和岡崎交往之前就申請了這張提款卡，但江島千夏認為這種偶然的巧合很危險。一旦和岡崎結婚，提款卡的密碼剛好就是老公的生日，在銀行工作的她首先擔心的是這個問題。」

草薙在聽薰說話時漸漸改變了臉上的表情，睜大的雙眼露出認真的眼神。

「拜託了，」薰鞠了一躬，「請你為我介紹湯川老師。」

薰聽到草薙重重地吐了一口氣。

「我會為妳寫介紹信，但我猜想妳會白跑一趟。」

6

湯川從信封中拿出信紙，快速瀏覽了內容，又把信紙放回了信封。他五官端正的臉上沒有任何表情，金框眼鏡後方那雙眼睛也很冷漠。

他把信封放在桌上，抬頭看著薰問：「草薙最近還好嗎？」

「他很好。」

「是嗎？那真是太好了。」

「不好意思，今天登門打擾，是為了——」

薰正想說明來意，湯川張開右手制止了她。

「這封介紹信上寫著，『我知道你很不想理會這種事，但還是希望你提供一點建議。』他說對了，我的確不想理會。」

薰覺得這個人說話真是不乾不脆，繞了一大圈。學者都像他這樣嗎？

「聽說你以前經常協助警方辦案。」

「那是以前，現在不一樣了。」

「為什麼？」

「因為個人因素，和妳無關。」

「可不可以請你聽我說明一下情況？」

「沒必要，因為我不想提供任何協助，而且介紹信上已經寫了大致的情況。妳想知道是否有辦法在遠距離的地方，在沒有接觸當事人的情況之下，讓人從陽台上墜樓。」

「並不是普通的人，應該是屍體。」

「都無所謂，總而言之，我沒有閒工夫思考這種問題。不好意思，妳請回吧。」湯川把信封遞到薰的面前。

薰沒有伸手接過信封，而是注視著這位物理學家眼鏡後方的雙眼。

「所以你也認為不可能嗎？」

「不知道，我只是說，這件事和我無關，我決定不再協助警方辦案。」湯川說話的語氣聽起來有點不悅。

「能不能請你不要覺得這是協助警方辦案，只是有人向你請教有關物理的問題就好嗎？請你當成有一個理科很差的人來向你請教不懂的問題。」

「既然是這樣，除了我以外，還有很多可以請教的對象，妳另請高明吧。」

「老師的工作就是為人釋疑解惑，有學生來提問，你要把學生趕走嗎？」

「妳並不是我的學生，妳有上過我的課嗎？妳只是想要憑著警察的權威，把別人當成工具人加以利用而已。」

「我才沒有！」

「說話沒必要這麼大聲。那我問妳，妳花了多少時間學習科學方面的知識？妳剛才說自己理科很差，妳曾經努力克服嗎？是不是早就放棄，根本不願多看一眼？要這樣也沒問題，一輩子都別碰科學，不要遇到困難的時候，就亮出警察證，命令科學家為自己釋疑解惑。」

「我哪有命令……？」

「總之，我無法滿足妳的期待。很抱歉，老師也有權利選擇學生。」

薰低下頭，咬著嘴唇。

「因為我是女人嗎？」

「妳說什麼？」

「因為我是女人的關係，所以你才會覺得反正我也搞不懂理科這種艱澀的知識吧。」薰瞪著眼前的物理學家。

湯川的嘴角露出笑容。

「如果全世界的女科學家聽到妳這番言論，會對妳丟石頭。」

「但是……」

「而且，」他露出銳利的眼神指著薰，「如果遇到對方無法滿足妳的要求，妳就埋怨是不是因為自己是女人，我勸妳趕快辭去目前的工作。」

薰咬緊牙根。雖然她很不甘心，但這位物理學家說得沒錯。當初選擇這份工作，就已經對可能有的不利因素作好了心理準備。

湯川說她想要利用警察的權威，要求科學家為自己解決問題這一點也沒有說錯。當她聽說湯川學的傳聞後，的確認為只要向他請教，他就會設法為自己解決。

「不好意思，我無論如何都希望得到你的協助……」

「我之前就已經決定，不再協助警方辦案，這和妳是不是女人這種事無關。」湯川的語氣也恢復了平靜。

「我瞭解了，很抱歉，在你百忙之中打擾。」

「我也很抱歉，沒能幫上妳的忙。」

薰微微欠身，轉身離開了，但在走向門口之前說：

「我猜想可能使用了蠟燭。」

「蠟燭？」

「用繩子綁住屍體，然後掛在陽台外，繩子的另一端綁在某個地方，然後把點了火的蠟燭放在旁邊。當蠟燭變短時，就會燒斷繩子──兇手會不會設置了這樣的裝置？」

湯川沒有回答，薰轉頭看向後方，發現湯川看著窗外，喝著馬克杯中的咖啡。

「請問……」

「妳可以試一試。」他說：「既然妳有想法，那就去試一試。透過實驗得到的結果比聽我的建議更有意義。」

「值得做這個實驗嗎？」

「所有實驗都值得去做。」湯川不加思索地回答。

「謝謝，打擾了。」薰對著湯川的後背鞠了一躬。

薰離開帝都大學後，走去了便利商店，在那裡買了蠟蠟、燭台和尼龍繩，去了江島千夏的住處。如果湯川願意協助辦案，必須帶他去看現場，所以她離開分局時借了鑰匙。

一走進屋，她立刻開始動手做實驗。雖然她很希望能用什麼東西代替屍體掛在陽台外，但不可能把東西從七樓丟下去，所以只好把尼龍繩的其中一端綁在陽台欄杆上。

問題是要把尼龍繩的另一端綁在哪裡。因為必須承受屍體的重量，所以必須很牢固，但她環視室內，找不到適合綁繩子的東西。

最後，她只能把繩子拉到廚房，綁在水龍頭上，然後把蠟燭放在繩子旁點了火。火焰的位置在拉直的繩子上方五公分左右的位置。

她看著手錶等待。蠟燭慢慢變短了。

當火焰即將燒到繩子時，繩子發出了滋滋滋的聲音燒了起來，從陽台拉到廚房的繩子靜靜地掉在地上。

這時，她聽到有人拍手。她大吃一驚，走出了廚房，發現身穿黑色夾克的湯川站在客廳門口。

「太精采了，妳的實驗很成功。」

「老師……你怎麼會在這裡？」

「我雖然對你們辦案沒有興趣，但對實驗很有興趣，而且想看看業餘學者會怎麼做實驗，所以我問了草薙這裡的地址。」

「這是嘲笑嗎？」

「嗯，妳這麼認為也無妨。」

薰生氣地走回廚房，注視著繼續燃燒的蠟燭。

「妳在幹什麼？」湯川在身後問。

「我在看蠟燭。」

「為什麼？」

「因為我想要確認蠟燭燒光之後的情況。」

「原來是這樣。因為現場並沒有留下蠟燭的痕跡，所以必須認為完全燒光了。即使是這樣，也沒必要用這麼長的蠟燭來做實驗，這樣要等很久才會燒完。」

薰聽了湯川的話，覺得很有道理。雖然有點不爽，但還是默默吹熄了蠟燭的火，折成一公分左右的長度後重新點了火。

「沒必要一直盯著看，蠟燭燒完了，自己會熄滅。」湯川說完，走出廚房，在沙發上坐了下來。

薰拿著剪刀走去陽台，剪下綁在欄杆上的繩子後回到房間內。

「為了謹慎起見，我想確認一下，屍體上綁了這樣的尼龍繩嗎？」湯川問。

「沒有。」

「既然這樣，繩子被燒斷之後去了哪裡？」

「這……還是尚待解決的問題，但也許繩子只是繞在身上，墜樓時脫落，不知道飛去哪裡了。」

「所以兇手期待這種有利的狀況，最後也如願變成了這樣的結果。」

「我不是說了嗎？這是尚待解決的問題。」

薰走去廚房看蠟燭，發現火已經熄滅了，但留下了蠟燭的痕跡。雖然她預料到會有這種情況，但還是感到失望。

「即使蠟燭燒光時完全沒有留下痕跡，我認為兇手也沒有使用蠟燭。」湯川站在薰的身後說。

「為什麼？」

「因為兇手無法預測案發之後，什麼時候會有人趕到這裡。如果有人比兇手想像中更早趕到，就可能發現還沒有燒光的蠟燭。」

薰撥了撥瀏海，雙手順勢抓了抓頭。

「老師，你太陰險了。」

「會嗎？」

「既然你早就知道了，為什麼不先告訴我，做這種實驗根本沒有意義。」

「沒有意義？我只是指出問題，並沒有說這個實驗沒有意義。我剛才不是說了，所有的實驗都值得去做嗎？」湯川重新在沙發上坐了下來，蹺起了二郎腿，「先做實驗看看——這種態度很重要。很多理科系的學生常常只會在腦袋裡想半天，卻沒有實際行動，這種人成不了大器。即使是顯而易見的事，也要實際做看看，只有從實際的現象中才能找到新發現。雖然我問了草薙這裡的地址，而且也來到這裡，如果看到妳沒有做實驗，我應該就轉身離開了，而且真的從此不再提供任何協助。」

「這是在稱讚我嗎？」

「當然是。」

「……謝謝。」薰用低沉的聲音小聲回答，連她自己都覺得聽起來很冷淡。

「草薙的介紹信中提到，妳在懷疑一個人，可以請妳告訴我懷疑那個人的根據嗎？」

「有幾個根據。」

「那就全部告訴我，盡可能簡短扼要。」

「我知道了。」

薰向湯川說明了裝內衣的紙箱放在玄關、被害人想要變更的提款卡密碼和岡崎的生日一致這兩件事。

湯川點了點頭，用指尖推了推眼鏡。

「原來是這樣，聽了妳的分析，這個人的確很可疑，但他有完美的不在場證明。既然他在樓下看到被害人墜樓，根本無法挑剔他的不在場證明。」

「但是，我覺得墜樓這件事本身就有問題。」

「什麼意思？」

「兇手毆打了被害人的頭部，目前還不知道因此導致被害人死亡，還是只是把被害人打昏而已。無論是哪一種情況，都不必把屍體丟下樓。如果死了，可以把屍體留在原地；如果只是昏過去，只要再用力掐死就好。雖然被害人的體重很輕，但要把一個女人搬去陽台還是一件費力的事，更何況還可能被人看到。無論怎麼想，都不覺得有任何好處。」

「有沒有試圖偽裝成自殺的可能性呢？」

「草薙先生和股長都這麼認為，如果是這樣，應該會處理兇器。雖然草薙先生他們說，可能兇手當時慌了神，但兇手冷靜地擦掉了指紋。」

「但被害人的確墜樓了。」

「沒錯，所以我認為兇手並不是想要偽裝成自殺，而是有其他更有利的原因。」

「這就是所謂的製造不在場證明嗎？」

「沒錯，會不會太異想天開？」

湯川默然不語地從沙發上站了起來，在客廳內走來走去。

「如何在遠距離操作，把屍體從陽台上丟下來。這個問題本身並不困難，我剛才也說了很多次，最大的問題在於如何消除痕跡。一旦使用了什麼裝置，必定會留下痕跡。」

「但現場完全沒有留下任何痕跡。」

「只是看起來是這樣而已，只是因為忽略，沒有發現那是痕跡。必須檢查屋內所有的東西，找出所有可能成為詭計的要素。」

「即使你這麼說……」

薰環視室內，完全找不到任何可以進行遠距離操作，或是像定時器之類的東西。

「妳的想法基本上很不錯，如果要把屍體掛起來，的確需要繩子，只要是屍體墜樓後可以消失的繩子就天衣無縫了。」

「可以消失的繩子。」

「要用什麼方法弄斷繩子？要怎樣才能不留下痕跡？」湯川停下腳步，雙手扠在腰上，「這個房間真的維持了案發當時的狀態嗎？」

「應該是。」

湯川皺起眉頭，摸著自己的下巴。

「整理得真乾淨，地上完全沒有任何東西。」

「我也很佩服這一點，因為只有兇器掉在地上。」

「兇器？」湯川環視周圍，「根本沒有兇器啊。」

「當然啊，因為鑑識小組帶回去了。」

「這樣啊，兇器是什麼？」

「不鏽鋼鍋子。」

「鍋子。」

「長柄鍋子，很重、很厚實，如果被那個鍋子打到，即使沒有當場死亡，應該也會昏倒。」

「鍋子啊，掉在哪裡？」

「應該是這裡。」薰指著落地窗邊，然後指著牆邊說：「鍋蓋掉在那裡。」

「啊？」湯川問：「還有鍋蓋嗎？」

「有啊。」

「這樣啊，鍋子和鍋蓋……」

湯川轉向落地窗的方向，站在那裡一動也不動，然後看向放在一旁的吸塵器。然後，他突然笑了起來，邊笑邊連續點了好幾次頭。

「老師？」

「我要請妳幫一個忙，」湯川說：「想請妳去買些東西。」

「要買什麼？」

「那還用問嗎？」湯川露齒一笑說：「鍋子啊，要買和兇器相同的鍋子。」

7

「……先在鍋子裡裝少量水，然後點火。」

湯川出現在攝影監看螢幕上，他正在大廈室內的廚房。雖然和江島千夏家的格局相同，但內部裝潢完全不一樣。因為這次借用了二樓的房間。

「鍋子裡的水燒開了，像這樣冒出大量水蒸氣時，就把蓋子蓋起來，然後急速冷卻。」

湯川把鍋子放在事先放在流理台內的另一個大鍋子內，大鍋子內裝了水，然後他拿起一塊兩公分見方的冰塊。

「用這塊冰塊堵住鍋蓋上的蒸氣孔。只要冰塊稍微融化，和蒸氣孔的形狀完全密合後就不會掉落，於是鍋蓋就會完全緊緊蓋在鍋子上，不會掉落。」

湯川把鍋蓋拿起來。正如他所說，鍋蓋和鍋子連在一起。

「因為將鍋子冷卻後，可以讓裡面的水蒸氣又變回水，內部壓力降低，在大氣壓的作用下，鍋蓋就和鍋子密不可分了。就像湯碗的蓋子常常黏住湯碗打不開一樣，兩者是相同的原理。」

湯川走去客廳，把鍋子放在地上。地上有一個細長形的沙袋和吸塵器。

「這個沙袋大約四十公斤，和江島千夏的體重幾乎相同。江島遇害時穿著休閒套裝，所以就用相同材質的套子把沙袋套了起來。休閒套裝的脖子、身體和手臂的部分都開了口，所以這個套子上也開了兩個口，然後把吸塵器的電線穿過去，把吸塵器的電線拉到底。」

他把吸塵器的電線全都拉了出來，然後穿過沙袋的套子。

「接下來有點辛苦，但我只能犧牲一下了。我要把這個沙袋搬去陽台——嘿咻。」

湯川把沙袋搬去陽台後，把吸塵器移到落地窗前，然後關上落地窗，只剩下五公分的縫隙。

「像這樣只留下一條縫，即使拉扯電線，吸塵器也會被窗戶卡住，電線的一端就可以固定，另一端怎麼辦？先用另一端綁住屍體。」

湯川打開落地窗的另一側，再次走到陽台上。他搬起沙袋，像曬被子一樣放在欄杆上，然後握住電線有插頭的那一端，緩緩將沙袋往外推。沙袋幾乎要從外側滑落，但因為湯川緊緊握住了電線，所以沙袋勉強懸在那裡。

攝影機拍向吸塵器。電線被用力拉緊，吸塵器緊貼著落地窗。

湯川緊握著電線走回房間。

「現在就輪到剛才的鍋子上場了。」他單手把鍋子拉了過來，把電線繞在鍋蓋把手上，然後把插頭塞在電線下方，再把落地窗像另一側一樣關起，只留下幾公分的縫隙。繞了電線的鍋子和吸塵器一樣緊貼著落地窗。湯川確認後，緩緩鬆開了手。

「這樣就完成了整個裝置，接著，我們來看看會發生什麼情況。最先發生變化的是堵住鍋蓋蒸氣孔上的冰塊。冰塊當然會慢慢融化，一旦冰塊融化，空氣就會進入。空氣進入之後，大氣壓就無法繼續壓住鍋蓋，鍋蓋就會鬆脫。為了讓冰塊加速融化，把空調的溫度設定得比平常稍微高一點。」

攝影機拍向整個裝置，湯川已經退到了鏡頭外。

隨著「噹」的一聲，鍋蓋離開了鍋子，繞在鍋蓋把手上的電線像蛇一樣跳了起來，下一剎那，原本懸在陽台欄杆外的沙袋消失了。

湯川再度入鏡，他來到陽台，看著下方說：

「沒事吧？好，太好了，就讓它留在原地，我等一下會去收拾，謝謝。」然後他轉過身，開始檢查吸塵器，「電線都收了回去，鍋子也掉在地上。實驗結束。」

湯川對著鏡頭鞠了一躬，薰關掉了錄放影機和攝影機的開關，然後戰戰兢兢地觀察上司的反應。

間宮板著臉靠在椅背上，草薙抱著雙臂，看著天花板。其他前輩刑警都目瞪口呆。

「情況就是這樣。」薰鼓起勇氣。

「草薙，」間宮問：「你去拜託伽利略大師嗎？」

「我只寫了介紹信而已。」

「是喔。」間宮托著腮，「但目前並沒有證據顯示岡崎也這麼做。」

「的確沒有，但既然有這種方法，就沒有理由斷定岡崎是清白的。」薰說。

「這種事不用妳提醒，我當然也知道。」間宮不悅地說完這句話，看著在場的下屬說：「那就直接開會，要修正偵辦方向。」

草薙看著薰，偷偷豎起了大拇指。

8

一打開門，看到一個身穿白袍的背影。酒精燈正在加熱試管內的透明液體，那個人正在用攝影機拍攝。

「這裡很危險，不要再靠近了。」湯川頭也不回地說。

「你在幹嘛？」草薙問。

「正在做一個小型爆炸實驗。」

「爆炸？」

湯川離開試管旁，指著旁邊的監視螢幕說：

「上面不是顯示了數字嗎？那是試管內液體的溫度。」

「目前是九十五度，喔，變成九十六度了。」

數字繼續上升，終於超過了一百。在達到一百零五時，液體突然從試管內噴了出來，噴出來的液體濺到了草薙他們的腳下。

「一百零五度，和我原本的預估差不多。」湯川走向試管，滅了酒精燈的火，這才轉頭看向草薙問：「你猜試管內裝的是什麼液體？」

「我怎麼可能知道？」

「你可以說說看起來像什麼。」

「看起來像……就像普通的水。」

「沒錯，就是普通的水。」湯川用抹布擦著濕掉的桌子，「但這是用離子交換的方式製造出來的超純水。在正常情況下，水在一百度沸騰，但並不是到達一百度時突然沸騰，首先會產生小氣泡，接著產生大氣泡。然而，只要條件充分，就可以不經過這些階段直接沸騰。這種情況下，不是在沸點的一百度，而是在超過一百度的溫度時突然爆炸。我們稱這種現象為突沸。過度相信水在一百度變成水蒸氣這個常識，就會被燙傷。」

草薙苦笑著環視室內。

「好久沒有聽到你這樣開講了，這個研究室也令人感到懷念。」

「你有在這裡做過什麼研究嗎？」

「好幾次看你在這裡做實驗啊。」草薙說著，從手上的紙袋內拿出一個細長形的盒子，放在旁邊的桌子上。

「那是什麼？」

「紅酒，雖然我也不是很懂，反正是店員推薦的。」

「真難得啊，竟然帶伴手禮給我。」

「這是謝禮，謝謝你照顧我的後輩。」

「我沒有幫什麼大忙，只是做了簡單的物理實驗而已。」

「但我們因此破了案，所以還是要感謝你，只是有一件令人遺憾的事。」

「要不要讓我猜猜看？」湯川脫下白袍，掛在椅背上，「我提供的謎底並不正確，對不對？」

草薙忍不住看著朋友的臉問：「你早就知道了？」

「不，我一開始就不認為那是真相，只是挑戰了能不能用那個房間內現成的東西製作把屍體丟下樓的定時裝置。雖然你剛才說很遺憾，但對我來說，根本沒有遺不遺憾的問題，因為我根本無所謂，只是不知道那個女刑警怎麼想。」

「她好像覺得有點遺憾。」

「真相是什麼？」

「是自殺。」

「果然是這樣，我也覺得這是唯一的可能。」湯川點了點頭。

「什麼意思？」

「我們邊喝即溶咖啡邊聊。」

湯川拿出的馬克杯還是不太乾淨，草薙喝咖啡時只能苦笑。

「我們花了很大的工夫才證明岡崎是江島千夏的男朋友，關鍵就是江島千夏有一張會員卡。在調查之後發現，那是千葉的一家摩鐵，上面有岡崎的指紋。岡崎說，他當時丟在摩鐵的垃圾桶內，但江島千夏似乎偷偷撿起來了。」

「為什麼要撿起來？」湯川納悶地問。

「很簡單，只要有那張會員卡，下次去那家摩鐵時就可以打折。」

「原來是這樣，所以岡崎就如實招供了嗎？」

「不，他承認他們交往的事，但否認涉案，堅持主張自己目擊了被害人墜樓，不可能犯案。」

「你們怎麼看？」

「雖然這麼做算是犯規，但還是給他看了錄影帶。就是你賣力演出的那段實驗的影片。」

「岡崎應該嚇了一大跳吧？」

「他看得目瞪口呆。」草薙想起岡崎光也當時的表情，又差一點笑出來，「他急忙辯解，說根本不知道有這種方法，而且自己也沒那個能耐，然後就招供了，他承認自己打了江島千夏。」

「用那個不鏽鋼鍋子嗎？」

草薙點了點頭。

「岡崎有老婆、孩子，他和江島千夏交往只是逢場作戲，沒想到江島千夏似乎對他動了真情，認定岡崎會離婚後和她結婚。岡崎說，他從來沒有承諾過這件事。話說回來，現在死無對證了，沒有人知道真相。總之，那天晚上，岡崎去她家提分手，江島千夏聽了勃然大怒，揚言要打電話去岡崎家。」

「結果岡崎聽了就火冒三丈。」

「他說當時情緒失控，不記得詳細的細節，看到江島千夏倒在地上，以為她死了，一心只想著趕快逃走。走出那棟大廈時，剛好有人跳樓。他作夢都沒有想到跳樓的竟然是江島千夏，但在第二天從新聞報導中得知了這件事，才終於恍然大悟，江島千夏被他打倒在地上時並沒有死，但之後跳樓了。」

「因為剛好有送披薩的店員找他麻煩，他想到自己有牢不可破的不在場證明，所以才主動去警局說明。」

「對，就是這樣。」

「原來是這樣啊。」湯川笑著喝了一口咖啡。

「可能會用傷害罪起訴他，但沒辦法用殺人罪起訴他，因為沒有證據可以證明他用了那個裝置。」

「那個裝置喔，」湯川喝光了咖啡，搖晃著馬克杯說，「沒辦法實際執行。」

草薙的身體微微向後仰，看著朋友的臉。

「是這樣嗎？但那段影片……」

「那段影片的確成功了，但你知道拍那段影片有多辛苦嗎？至少失敗了超過十次。」湯川呵呵笑了起來，「有時候吸塵器的電線無法順利收回去，有時候鍋蓋一下子脫落，總之，就是連續失敗了一次又一次。你的同事是不是姓內海？她很有耐心地陪我拍完了影片。」

「她完全沒有提這件事。」

「那當然啊，因為沒必要提這些事，只要大張旗鼓地發表成功的案例就好，這是科學世界的常識。」

「那傢伙……」

「有什麼關係嘛，反正也因此破了案。她會是一個出色的刑警，我也很久沒有體會過這麼有趣的經驗了。」

「有趣？所以，你以後……」

草薙的話還沒說完，湯川就豎起了食指放在自己的嘴唇上，示意他別再繼續說下去，然後露齒一笑，搖了搖手指。

第 二 章

／

操 縱

1

邦宏背對著窗戶，臉上露出了冷笑，眼神中完全感受不到對他人的體貼。奈美惠忍不住又想起不止一次思考的問題，到底是怎樣的教育，才會培養出這麼殘酷的人？

「我早就說過了，我不會改變心意。」邦宏撇著嘴角，「我不會搬出去，因為這裡是我家，為什麼要我搬出去？如果必須有人搬出去，那並不是我，而是別人——奈美惠小姐，妳說對不對？」他看向奈美惠。

奈美惠低著頭，她不想和這個男人對上眼。

「奈美惠沒有理由搬出去。」幸正用沙啞的聲音說。他坐在輪椅上，露出嚴厲的眼神瞪著兒子。

邦宏聳了聳肩，似乎表示他根本不怕。

「是這樣嗎？那我就更不需要搬出去了。如果你有意見，可以去問律師，所有律師都會告訴你同樣的話，我有權利住在這個家裡。」

「我不是說了，會給你相應的補償嗎？」

邦宏嗤之以鼻。

「你能給我什麼呢？除了這棟房子，你根本就沒什麼財產了。」

「你少在那裡說大話，也不想想是哪個敗家子敗光了我的財產。」

「我只是行使自己應有的權利，反正你死了，所有的財產都歸我，我只是提早動用而已，這有什麼錯？」

「你這個王八蛋……」幸正把拐杖撐在地上試圖站起來，但身體搖晃了一下，靠在後方的書架上。

「爸爸。」奈美惠急忙跑過去，扶著他坐回輪椅。

「我勸你別太折騰自己，下次腦袋裡的血管再爆掉，即使有輪椅，你也動不了了。」

「不需要你操心。」幸正上氣不接下氣，「改天再談這件事，我要把上次說的東西拿回去。」

「隨你的便，真不知道你要那種破爛幹什麼。」

「和你沒有關係，你去拿出來。」幸正說完，抬頭看著奈美惠說：「不好意思，妳和他一起去，那很重要，我擔心他會弄壞。」

奈美惠雖然不太願意，但還是點了點頭。因為她知道對幸正來說，那些東西真的很重要。

「竟然不相信我。」邦宏咂著嘴，走出了房間，奈美惠跟在他身後。

來到走廊上，走進隔壁的房間。那是邦宏的臥室，放了一張雙人床。奈美惠努力不去看那個方向。

邦宏打開壁櫥，把一個紙箱拉了出來。

「應該就在裡面，老頭子似乎不願意我碰，所以妳來確認。」
奈美惠蹲了下來，檢查紙箱內的東西。
紙箱內裝的是瓶中船，威士忌的酒瓶中裝了帆船的模型，船當然比瓶口大，必須先把零件放進酒瓶，然後再用鑷子在酒瓶中組裝起來。
總共有三艘瓶中船，全都是幸正親手製作的成果。
「應該沒問題。」奈美惠把紙箱關了起來。
這時，邦宏突然從後方撲了過來，奈美惠差點驚叫，但幸好忍住了。因為她不希望幸正聽到。
「你想幹嘛？」奈美惠小聲地問。
「如果妳想叫就叫吧，反正老頭子幫不了妳，現在讓他知道我們的關係也不壞啊。」
「別鬧了。」奈美惠掙脫了邦宏的手。
「奈美惠，」外面傳來幸正的聲音，「找不到嗎？」
「找到了，我馬上拿過去。」奈美惠抱起紙箱，轉頭不看邦宏一眼就走了出去。
幸正也操作了輪椅來到走廊上，露出訝異的表情看著她。
「怎麼了嗎？」
「沒事，就是這些吧？」奈美惠打開紙箱讓他確認。
「沒錯，那我們回去吧。」幸正把紙箱放在自己腿上。

邦宏從自己房間走了出來，靠在旁邊的牆壁上。

「聽說今晚有派對，你的學生要來聚會。」

「你聽誰說的？」

「常去的酒舖啊，這種事至少要通知我一下。」

「這和你有什麼關係？」

「大有關係，如果你們在主屋大聲喧譁，不是會吵到我嗎？」

「今天來的都是懂得分寸的大人，不要以為別人都和你一樣。」

「只要稍微吵到我，小心我去丟鞭炮。」

「鞭炮？太幼稚了，對了，社區管委會來抗議，說你擅自把獨木舟放進池塘，如果有小孩子上去玩很危險，要你馬上去拿回來。如果你不打算收回去，我就請管委會處理。」

「你應該知道這麼做會有什麼後果吧。」邦宏語帶威脅地說。

「你如果不希望玩具被收走，就自己去收好——奈美惠，我們走。」

奈美惠推著輪椅走出玄關。因為有好幾級階梯，所以推起來很費力，但坐在輪椅上的幸正應該更辛苦，只不過他完全沒有抱怨。如今忍不住後悔，應該更早把偏屋的入口也改成無障礙空間。

偏屋離主屋有二十公尺左右的距離，以前兩棟房子之間都是草皮，如今都是泥地，已經好幾年沒有整理了。

「不必理會他。」幸正說，「他不可能一直這樣下去，早晚會遭到報應。」

奈美惠默默點了點頭，難得聽到身為科學家的幸正說報應這種字眼。

「現在幾點了？」

「呃……」她拿出手機，「五點剛過。」

「那差不多該準備了。」

「我打算回主屋後馬上開始準備，但吃鐵板燒真的沒問題嗎？感覺有點人偷懶了。」

「沒關係，那些人只要有肉、有啤酒就心滿意足了。」

「那是學生時代的事吧？現在他們都快四十歲了，應該有不少人都變成了美食家。」

「沒關係，雖然有一個人很挑剔，但他並不是真的懂美食，只是喜歡耍嘴皮而已。」

奈美惠知道幸正在說誰，忍不住竊笑起來。

「你是說湯川嗎？」

「他就連怎麼切蔬菜都可以講一大堆。」幸正的肩膀微微顫動。

「對了，有接到湯川的電話，說會晚一點到。」

「晚一點到？所以他會來。」

「他說雖然會遲到，但一定會到，今天晚上已經訂了車站前的商務飯店，所以會奉陪到底。」

「是嗎？真期待啊，他這一陣子都沒有發表論文，我要好好訓他一頓。」幸正興奮地說。奈美惠知道，他向來都對優秀的學生特別嚴格。

2

友永幸正以前在帝都大學擔任教職，當時是副教授，奈美惠並不知道他為什麼沒有升上教授，但曾經聽已經去世的母親說，他研究的課題很傳統樸實，很少有學生會選擇作為畢業研究的課題。

但他似乎在學生中很有聲望。他樂於助人，即使是其他研究室的學生，也會設身處地提供意見，甚至為學生找工作積極奔走，所以至今每年都會收到很多新年賀卡。

今晚要來參加聚會的是幸正特別喜歡的幾個學生，雖然這幾個學生以前在校時分別在不同的研究室，卻特別合得來，經常一起喝酒，目前仍然每隔幾年都會在東京聚餐，今年由幸正招待大家。

「這未免太厲害了，能夠做出這麼棒的東西，代表老師的身體完全沒問題。」安田雙手把瓶中船舉到眼前說，他已經中年發福，臉也很大。

「話雖如此，時間是最大的問題，你知道這個花了我多少時間？整整三個月，幾乎沒休息過一天。以前身體好的時候三天就可以完成，當然也做得更精巧。」幸正看著圍在鐵板旁的三名學生，奈美惠覺得他的聲音比平時更有精神。

「老師的手向來很巧。」井村說，其他人都穿著西裝，只有開補習班的他穿著便服。

「沒錯沒錯，老師的焊接技術無人能及。」岡部說，他幾杯啤酒下肚，臉已經通紅。

「當時的副教授都得做這些打雜的事。」幸正苦笑著說，「你們最近有沒有自己動手做過什麼？」

「沒有。」所有人都偏著頭。

「最多只是組裝網購買回來的架子。」安田偏著頭回答。

「我都只有做資料而已，像是計畫書或是成績單之類的東西。」井村說。

「我也什麼都沒做，已經遠離了物理的世界。」岡部抱著手說。

「你之前學的是宇宙物理學吧？畢業之後，當然沒有用武之地。」安田嘲笑他，「而且物理系畢業的人為什麼會去出版社上班？」

「我原本想做科學雜誌，沒想到現在大家都不重視理科，結果科學雜誌停刊了。你自己不是也一樣，跑去運動用品廠商上班，有用到你拿手的分子物理學嗎？」

「怎麼可能用到？那些東西，在畢業的同時就還給老師了。」

三個人開朗地笑了起來，幸正瞇眼看著他們。他常常說，即使忘了學到的知識，那些經驗也必定可以運用在其他方面。這幾個學生也瞭解這一點，所以才能輕鬆聊這些話題。

「所以只有湯川學以致用。」

井村說，其他兩個人也跟著點頭。

「他很好學，不管是哪方面的知識都想學。」安田說。

「他曾經調查過即溶咖啡的歷史，還自己動手做，最後覺得還是買現成的比較划算。」

「對了，湯川怎麼還沒來？」井村看著手錶，「已經八點多了。」

「喔，已經這麼晚了啊。」幸正回答說，「那我先離開一下，等湯川來了，我再回來一起聊。」

「好，老師先去休息一下，我們會自己來。」岡部說。

「嗯，你們可以盡情喝啤酒和威士忌，但小心別喝過量。」

奈美惠推著輪椅來到走廊上時，幸正說：「送我到這裡就好，他們應該不好意思自己打開冰箱，別擔心，我可以自己回房間。」

幸正說完，操作著輪椅前往走廊深處。那裡有家庭用電梯，可以去二樓。電梯出來之後到臥室是無障礙空間，經過之前的訓練，幸正能夠獨自從輪椅回到床上。

奈美惠目送他搭上電梯後走回客廳。

「老師復健的情況怎麼樣？」安田問，「上次來的時候，好像不太能夠一個人走路。」

另外兩個人也收起了前一刻的歡快，露出嚴肅的表情看了過來。

「使用拐杖的話可以勉強站起來，但還沒辦法走路。」

「這樣啊。」井村嘆著氣。

「我原本還以為復健有辦法改善。」

「但我覺得已經有改善了，都可以做這個了。」安田看著瓶中船，「『金屬魔術師』依然健在。」

「金屬魔術師？」奈美惠問。

「老師以前在學校時的綽號，因為研究內容的關係，大家都這麼叫他。」

她聽了安田的說明，只能回答說：「原來是這樣。」因為她對幸正的研究內容一無所知。

岡部站了起來，打開通往露台的落地窗，用力深呼吸。

「這裡真不錯，有青草的味道，難以想像是在東京。」

「打開窗戶，不會有廢氣飄進來的感覺真棒。」井村也表示同意。

「眼前就是一個池塘，太有情調了。喂！」岡部伸長脖子，似乎發現了什麼，然後回頭看著奈美惠問：「那棟房子是什麼？」

他指著偏屋的方向，奈美惠告訴他後，他驚訝地點了點頭。

「那裡亮著燈，有人住在那裡嗎？」

「對，是我爸爸的長子……」

「老師的？所以是……」

「喂！」井村一臉嚴肅的表情瞪著岡部。

「啊？啊，啊，好、好，我懂我懂。」岡部縮了縮脖子，離開了窗邊。

「我去拿啤酒。」奈美惠走去廚房時，聽到井村他們罵岡部「你傻了嗎？」，因為他們都知道這個家庭複雜的情況。

奈美惠從冰箱裡拿出兩瓶啤酒放在托盤上回到客廳。

「雖然老師去休息了，我們再來乾杯，奈美惠，妳也一起來。」

奈美惠在安田的邀請下也拿起了杯子，岡部立刻為她倒了酒。

「那就為友永副教授，還有湯川助教授，不對，現在稱為副教授了。雖然兩位真正的學者都不在，但我們來為他們乾杯。乾杯！」

大家也跟著安田都紛紛說「乾杯」，然後舉杯乾杯時，聽到外面傳來什麼東西打破的聲音。奈美惠聽了，忍不住感到驚慌。

所有人都互看著。

「怎麼回事？」岡部說完，走去露台。奈美惠也跟在他身後。

下一剎那，看到偏屋冒著煙。

「失火了。」岡部說：「趕快打電話。」

井村拿起手機，一臉嚴肅的表情放在耳邊，正當他準備開口時，偏屋再度傳來了聲音。

煙霧更濃了，然後噴出了火。

3

「從來沒有聽過那種地名，完全不知道東京竟然還有這種鳥不生蛋的地方，這種時候就覺得東京很大，實在太大了。我為什麼要來這種從東京都中心開車還要一個多小時的地方？而且是這種三更半夜的時間。妳看看，都快十二點了。」

坐在副駕駛座上的草薙滔滔不絕，他的心情似乎真的很惡劣。今天難得可以早下班，他正準備晚上可以去喝一杯，結果就接到了電話，難怪他會這麼不爽。但內海薰覺得並不是只有他的悠閒時光遭到破壞，原本自己打算晚上邊喝紅酒，邊看ＤＶＤ。

「那也沒辦法啊，因為不是單純的縱火，可能是兇殺案。」

「我當然知道，所以不能由轄區分局單獨偵辦，必須派警視廳的人前往協助，但為什麼要派我們？不，妳倒是沒關係，反正這種苦差事都會落到菜鳥頭上，但我可不一樣啊。」

你能體會三更半夜出任務，要負責開車，還被人說是菜鳥的我是怎樣的心情嗎？薰很想這麼說，但還是忍住了。

「可能是因為只派新人出任務會感到不放心吧。」

「誰不放心？還不就是那個老頭嗎？就是間宮那個老頭。他可是打好了算盤，聽取我們的報告之後，明天早上再大搖大擺地現身。啊啊，越想越火大，原本還想打算今天晚上要喝個痛快！」草薙在座位上伸著懶腰，「對了，妳剛才說什麼？妳怎麼知道是縱火？」

「因為在火場發現了一具屍體。」

「既然發生火災，當然可能有人被燒死。」

「不是這樣，在現場發現的屍體是被刀子刺死的。因為迅速滅火，所以屍體並沒有嚴重損傷。」

「是嗎？這樣看起來真的是兇殺。」

薰的眼角掃到草薙垂下的腦袋。

「真傷腦筋，如果在這種鄉下地方成立搜查總部，我們就會被困在這裡，這附近連家咖啡店也沒有。」

草薙說得沒錯，沿途越來越暗，車頭燈的燈光太微弱，薰只好打開了霧燈。

不一會兒，前方出現了一片燈火通明的區域。因為那裡停了許多消防車，所以才會這麼明亮。

這裡並沒有看到一旦發生火災，必定會來湊熱鬧的圍觀民眾。不知道是因為深夜的關係，還是附近原本就沒住什麼人。

前方雖然有房子，但周圍並沒有圍牆，很多人都聚集在左側。消防人員和警方用塑膠布和繩子拉起了封鎖線。

一個矮小的男人跑了過來。草薙自我介紹後，對方顯得有點緊張，說他姓小井土，是轄區警局的偵查員。

「有人死亡嗎？」草薙問。

「對，有一名死者，屍體已經送去分局了，明天才會進行解剖。」

不意外。草薙回頭看著薰。

「現場勘驗已經結束了嗎？」薰問。

「不，今天晚上忙著滅火，天已經黑了，而且也不會下雨，所以消防隊也說明天再詳細勘驗現場。」

這樣的判斷很合理。只不過既然這樣，根本沒必要連夜趕來這裡。

「是誰家失了火？」草薙問。

小井土立正之後，拿出了記事本。

「是姓友永的人家，他們家的偏屋失火了。」

「偏屋？所以——」草薙仰頭看著右側的大房子，「這裡是主屋嗎？」

「沒錯。」小井土點了點頭。

死者名叫友永邦宏。一個人住在偏屋。

「誰住在主屋？」

「喔，這個……」小井土看著記事本，「被害人的父親……還有，呃，這算是什麼關係？好像也不能稱為女兒。」

「什麼意思？」草薙問。

「他們的關係有點複雜，住在主屋的是被害人的父親和同居人的女兒，今天晚上還有被害人父親的三個學生也在主屋，不，總共有四個學生，好像是來聚會。」

薰聽到「學生」這兩個字，猜想死者父親應該是老師。

「他們目前仍然在主屋嗎？」草薙問。

「不，四名學生中，有三個人已經離開了，因為明天早上都要上班，所以無論如何都必須今晚回家，太晚的話會趕不上末班車。」

「其他人呢？」

「都等在屋內。」

「可以向他們瞭解情況嗎？」

「應該沒問題。」

「那就去向他們瞭解情況，可以請你帶路嗎？」

「當然沒問題，請跟我來。」

薰和草薙跟著小井土走向主屋。

主屋的玄關有一個寫了「友永」的門牌。這是一棟木造的日式房子，但入口是西式的門。小井土按了入口旁對講機的門鈴，向屋內的人打招呼。

不一會兒，門就打開了，一個年近三十，高高瘦瘦的女人出現在門內。她的一頭長髮綁在腦後。

小井土向她介紹了草薙和薰。

「可以請妳把剛才說明的情況再告訴這兩位嗎？」

「好，沒問題，請進。」女人露出凝重的表情看著薰和草薙。

「打擾了。」草薙打了招呼後開始脫鞋，薰也跟著脫鞋子。小井土說要和消防隊的人討論事情，所以沒有進屋，轉身離開了。

走去房間的途中，草薙問了那個女人的姓名。她停下腳步自我介紹說，她叫新藤奈美惠。當她撥瀏海時，戴在左手上的戒指閃了一下。

「我是跟著我媽來到這個家，她在十年前去世了。」

「喔，原來是這樣啊，但妳的姓氏和屋主不一樣。」

「我和我媽在二十三年前來到這個家，但爸爸和媽媽並沒有正式結婚，所以我和我媽都仍然姓新藤，雖然我媽對外宣稱自己姓友永。」

「原來是這樣，這麼問或許有點失禮，請問他們為什麼沒有登記結婚？」

奈美惠臉上露出淡淡的笑容，輪流注視著草薙和薰。

「原因很簡單，因為沒辦法登記結婚，我爸爸在戶籍上已經結婚了。」

「喔……原來是這樣。」草薙說完，挺直了身體，點了點頭，「我瞭解了，可以請妳帶我去見其他人嗎？」

「好，請跟我來。」奈美惠再度邁開了步伐。

草薙瞥了薰一眼，那是他有所發現時特有的眼神。薰也有同樣的感覺，所以默默地微微點了一下頭。

屋主友永幸正在十坪大的客廳內等待，他一臉沉痛的表情坐在輪椅上。

「很抱歉，深夜來打擾。」草薙鞠了一躬，「我相信你們已經向警方和消防隊說明了情況，但麻煩兩位再向我們說明一次。請先說明你們目擊的狀況。」

「不，我並沒有看到那個瞬間。」友永說。

「當時我爸爸有點累，所以就在臥室休息。」奈美惠在一旁補充說明。

「我正在打瞌睡，突然聽到外面很吵，所以就看向窗外，發現偏屋已經燒了起來。」

「當時妳在哪裡？」草薙問奈美惠。

「我和其他人在這裡，結果突然聽到外面傳來動靜。」

「動靜？什麼動靜？」

「聽起來像是打破玻璃的聲音，其他人也這麼說。」

「大約是幾點的時候？」

「應該八點多。」

「我無法理解現在問時間有什麼意義。」這時，背後突然傳來一個聲音，而且是薰熟悉的聲音。

回頭一看，一個熟悉的人站在那裡。今天晚上難得穿上了西裝。

「湯川老師。」薰小聲叫著。

「湯川，你怎麼會在這裡？」草薙手足無措地看了看湯川，又看著友永。

「你們認識？」友永問湯川。

「他也是帝都大的畢業生，但是社會學院的，我們一起參加了羽球社。」湯川在說話的同時，在友永旁邊坐了下來。

「是嗎？那真是太巧了，所以刑警先生，你並不知道湯川在這裡。」

「我不知道，純屬巧合。」草薙仔細打量著湯川的臉。

「發生這種巧合，我就會忍不住懷疑，是不是隱藏了某種必然性，但這次似乎不需要考慮這個問題。」湯川將看向草薙的視線移到薰的身上，微微點了點頭。薰也向他點頭示意。

「呃，所以，友永先生也是在大學當老師嗎？」

友永聽了草薙的問題點了點頭說：

「以前是，我在帝都大學理工學院當副教授。」然後又補充說：「是一直升不上教授的副教授。」

「原來是這樣的淵源。」草薙恍然大悟後看著湯川問：「你剛才說我問時間沒有意義，這句話是什麼意思？」

湯川聳了聳肩說：

「因為應該已經留下了正確的紀錄。我那幾個朋友目擊了火災發生的瞬間，然後立刻報警，也就是說，只要查消防隊和警方的紀錄，知道的不只是八點多這種模糊的時間，而是更詳細的時間。為了謹慎起見，我剛才問了朋友手機上通聯紀錄的時間，是八點十三分。」

「好，我會參考。」草薙不悅地說。

薰在記事本上寫下了八點十三分這個數字。

「你沒有在現場看到吧？」草薙問。

「我到的時候，火勢已經撲滅了，友永老師他們原本暫時撤離去避難，那時候也回來了。我那幾個朋友也在，所以就問了他們當時的詳細情況，所以——」湯川蹺著二郎腿，抬頭看著草薙和薰，「今天晚上的事，你們可以問我，偶爾感受一下被警方偵訊的體驗也不壞。」

4

湯川的確從他朋友口中問到了相當詳細的情況，所以薰和草薙幾乎掌握了今天晚上發生的狀況。

但是，草薙似乎並不打算問完火災的情況就離開。

「不幸喪生的是你的兒子吧？請問他做什麼工作？」

友永聽了草薙的問題忍不住皺起眉頭，搖了搖頭。

「他沒有工作，每天遊手好閒，都快三十歲了，還這麼沒出息。」

薰沒有想到他會用這麼尖刻的話來說屍骨未寒的兒子，忍不住停下正在做筆記的手，看著友永滿是皺紋的臉。

草薙似乎也有同感，呆若木雞地看著他，友永嗤之以鼻。

「你們很意外吧，我這個做爸爸的竟然說這種話。」

「是不是有什麼苦衷？」

友永看了奈美惠一眼，然後將視線移回草薙身上。奈美惠坐在不遠處，低著頭。

「反正你們會調查我們家裡的狀況，所以不如我現在說清楚。她的媽媽在十年前去世了，但並不是我正式的太太。」

「我們剛才已經聽說了這件事，聽說你和你太太沒有離婚。」

友永點了點頭。

「差不多三十年前，我經人介紹，和一個女人相親結了婚。雖然很快就生了孩子，但我和我老婆合不來，最後決定分居，只不過並沒有辦正式的離婚手續。幾年之後，我認識了她媽媽，她媽媽名叫新藤育江，培育的育，江戶的江。」

「你兒子跟著你太太？」

「對，我老婆離家時他才剛滿一歲。」

「你沒有想過和太太離婚，和新藤育江女士結婚嗎？」

「我當然想過，但我老婆不同意離婚。因為孩子跟著她，她應該不願放棄我提供的生活費。育江也說不結婚沒有關係，結果這件事就這樣擱了下來。」

不無可能。薰聽了之後想。

「原來是這樣啊，但為什麼只有你兒子住來這裡？」草薙問。

「因為我老婆兩年前死了，不久之後，他就來找我，說他沒有地方可住，要我想想辦法。一個大男人竟然能夠大言不慚地說這種話。」

「所以就讓他住在偏屋嗎？」

友永點了點頭，嘆了一口氣。

「雖說快三十年沒見面，但兒子終究是兒子。幸好有偏屋，所以我就同意他住在那裡，但我提出一個條件，只能讓他住一年，要他在一年之內找到工作，也要自己想辦法找到住的地方。」

「期限到了嗎？」

「早就超過了，他非但沒有搬走，也完全不找工作。雖然他聲稱沒有適合的工作，但他根本就不想找。他應該覺得只要住在這裡，就可以一輩子不愁吃穿。他真是腦筋不清楚，也不想想他爸爸已經退休了。」

薰在聽友永說話時，瞭解到他對兒子的死並沒有感到太傷心的原因了。友永邦宏雖然是他的親生兒子，但對這個家來說，根本就是瘟神。

湯川低著頭，靜靜地聽著。他看起來並不驚訝，顯然早就知道了這些事。

「我瞭解了，感謝你如實告訴我們。」

「這種家醜不該外揚，但我相信你們一查就知道了，因為左鄰右舍都是老鄰居，大家都知道，所以不如由我來告訴你們。」

「你住在這裡多久了？」

「多久了呢？」友永偏著頭，「從我祖父那一代開始就住在這裡，偏房原本是我爸爸增建給我住的房子，所以在邦宏來之前，我都用來看書或是做一些有興趣的事。」

這棟房子很有傳統日式房子的感覺，但也融入了西式的要素，應該是歷代屋主改建的結果。

「我想請教一個比較敏感的問題，」草薙說，「我相信你已經聽說了，今晚的事件並不是單純的火災，很可能是人為縱火，你兒子也可能是被人殺害。」

「我聽說了。」友永回答。

「你對這件事是不是有什麼頭緒？因為兇手使用了兇器，所以兇手的目的並不是縱火而已，而是想置你兒子於死地。」

友永雙手疊在豎起的拐杖上，偏著頭說：

「我剛才說他整天遊手好閒，但其實我不太瞭解他的生活，對他來這裡之前的生活更是一無所知，但應該過著那種自甘墮落的生活，不難想像他會和別人結怨。」

「所以你並沒有具體的頭緒。」

「說來慚愧，雖說是自己的兒子，但我真的沒有頭緒。」

「請問你最後一次見到你兒子是什麼時候？」

「今天白天，我去拿那個瓶中船。」友永指著放在一旁櫃子上的漂亮作品。

「你一個人去拿？」

「不是，她陪我一起去。」

「當時曾經和你兒子交談嗎？」

「稍微說了幾句，但並沒有說什麼重要的話，他也不想見到我。」

「你在當時有沒有發現什麼？像是神色不太對勁，或是正在和誰講電話之類的。」

「不，完全沒有。」

草薙看著奈美惠問：

「妳有沒有發現什麼？」

「我也沒有……」她小聲地回答。

草薙點了點頭之後看向薰，似乎在問她是否有什麼要問。

「不好意思，請問你是從什麼時候開始行動不便？」薰看著輪椅問。

「我的身體嗎？嗯，幾年前呢？」友永看著奈美惠。

「六年前的年底，」奈美惠回答，「突然在浴室昏倒……」

「就是腦中風，似乎是因為我年輕時喝太多酒了，抽菸也有不良影響。我應該學你。」友永看著身旁的湯川淡淡地笑了笑。

「走路很費力嗎？」薰又接著問。

「用拐杖的話可以站起來，但走路就難說了，最多只能走兩、三步吧。」

「手呢？」

「左手還有點麻痺，雖然復健之後已經好多了。」友永試著活動左手的手指。

「你會外出嗎？」

「不，很遺憾，我很少外出，這一年幾乎都沒有出門過。我不出門也無所謂，只是也影響到她，因為我的關係，她也沒辦法出門旅行。雖然我常跟她說我沒事，她去哪裡都沒有關係。」

「所以奈美惠小姐都一直在家嗎？」

「在我生病之前，她在出版社工作，結果我變成這樣，她就不得不辭去了工作，我覺得很對不起她。」

「我不是說了，不要這麼說嗎？」奈美惠皺了皺眉頭後，看著薰說：「我在接翻譯的工作，所以並不是完全不工作。翻譯工作可以在家做，而且我覺得比在外上班更適合自己。」

她似乎表示對目前的生活並沒有任何不滿。

「可以了嗎？」草薙小聲問薰。

「不好意思，我再請教一個問題，」她豎起食指，「奈美惠小姐的媽媽在十年前去世，之後你沒想過收養她為養女嗎？」

「我想過，但沒辦法。」

「為什麼？」

「那還用問嗎？如果要收養，配偶必須同意，我老婆不可能同意這種事。」

「但你太太不是已經去世了嗎？」

「內海，」湯川突然插了嘴，「每個人都有苦衷，除非有偵查的必要，否則還是不要問太多。」

「啊……不好意思。」薰縮著脖子，鞠了一躬。

友永和奈美惠窘迫地陷入了沉默。

薰和草薙離開友永家後，坐著她開的Pajero越野車回家。湯川說，要繼續留下來陪友永，他今晚訂了附近的商務飯店。

草薙用手機向間宮報告了今天晚上的情況，掛上電話後，重重地嘆了一口氣。

「明天早上去警視廳之後，就要來這裡的轄區分局集合，確認解剖結果之後，決定偵查方針。鑑識小組會和消防隊一起勘驗現場。」

「應該要先調查被害人的人際關係吧。」

「是啊，聽他父親這麼說，感覺這個人有很多問題，很值得好好調查一下。」

「對了，你對剛才的事有什麼看法？」

「剛才的事？」

「就是友永先生沒有收養奈美惠當養女的事，其實這件事並不重要，但沒想到湯川老師會這麼生氣。」

「喔，妳是說那件事，我大致能夠理解。」

「這是怎麼回事？」

「妳想一想，不管怎麼說，友永和奈美惠是沒有血緣關係的男女，奈美惠的母親死了已經有十年，兩個人生活在同一個屋簷下，可能會產生另一種感情。」

「你是說他們之間有男女關係嗎？」

「我是這麼認為，之所以沒有收養她當養女，可能是因為有結婚的打算。湯川也察覺了這件事，所以才會那麼說吧？雖然輪椅老人和二十多歲的女人不相配，但男女之間的事，旁人很難瞭解。」

前方的號誌燈亮了紅燈，薰踩了煞車，確認車子停下來之後，轉過頭說：

「我認為不是這樣。」

「為什麼？」

「因為我覺得奈美惠另有男友。」

「男友？妳怎麼知道？」

「因為她左手的中指戴了戒指。」

「有嗎？」

「那是Tiffany新推出的戒指，應該是她男朋友最近送給她的。」

「妳有證據可以證明那個男朋友不是友永嗎？」

「友永已經一年沒有外出了。」

「啊！」薰聽到草薙叫了一聲。前方的號誌燈變成了綠燈，薰鬆開了煞車。

「那搞不好是自己買的。」

薰看著前方搖了搖頭。

「沒有女人會自己買那種戒指，那是專門讓男人買來送給女人的戒指。」

「喔，是喔，沒想到女人看得真仔細。」草薙在佩服的語氣中帶著一絲揶揄。

「不行嗎？」

「不，對刑警來說是很大的優點，只不過和像妳這樣的女人結婚的男人會很累，一旦偷腥，馬上就會被妳識破。」

「你這是在稱讚我吧，那就謝謝囉。」

「不客氣。」

前方出現了高速公路的標誌。

5

奈美惠打開客廳的櫃子，拿出了干邑白蘭地的酒瓶。

「真的只能喝一點點喔。」奈美惠說。

「好，我知道。」幸正點了點頭，「只有今天晚上而已，湯川難得來家裡，總不能連杯酒也不招待。」

「老師，不必在意我。」坐在對面的湯川輕輕搖了搖手。

「是我想喝酒，你只是藉口而已。或許你覺得很困擾，但陪我喝一點，反正今晚不喝點酒也睡不著。」

「我當然沒問題。」

奈美惠把杯子放在他們面前，為他們倒酒，立刻聞到了濃醇甘甜的香氣。

「現在似乎不太適合為久別重逢乾杯。」幸正的嘴角微微放鬆，喝了一小口酒，「舌頭都快麻了，真是太好喝了。」

奈美惠也在椅子上坐了下來，她把茶壺裡的紅茶倒進杯子。

「我不知道老師的兒子回來了。」湯川說。

「我並沒有兒子回家的感覺，我相信他也一樣。我們根本形同陌路，即使有血緣關係，如果沒有感情，就不算是家人，你不覺得嗎？」

「我不瞭解詳細的情況。」

「因為你向來不關心別人的事。」幸正的肩膀微微抖了幾下，轉頭看著奈美惠說：「安田和井村也很優秀，但都比不上湯川，他之前被稱為天才。不，現在應該仍然是別人口中的天才。」

「老師，你別再說了。」

「你以前就不喜歡別人這麼說你。奈美惠，妳覺得優秀的研究人員需要具備什麼資質？」

她想了一下之後回答：「是不是腳踏實地？」

「腳踏實地或許也是需要具備的資質，但並不是只要腳踏實地而已，有時候不那麼腳踏實地，反而會有重大發現。研究人員最需要具備的資質，就是一心一意，有一顆純潔的心，不受任何事影響，不會被染上任何色彩。雖然聽起來簡單，但其實很難。因為研究工作就像是把石頭一顆一顆堆積起來。研究人員會努力朝向目標，把石頭越堆越高。每個研究人員當然會對自己堆積起來的成果充滿自信，確信絕對沒有錯，但有時候這種自信很致命。第一塊石頭放的位置到底對不對，不，第一塊石頭到底是不是石頭——一旦產生這樣的懷疑時，往往無法親手破壞自己堆積的成果。因為任何人都會被之前的成就束縛，所以要保持純潔也伴隨著痛苦。」幸正在說話時微微搖晃著左手。

奈美惠很久沒有看到他這麼用力說話，他應該還沒有喝醉，也許是因為邦宏的死影響了他，他情緒有點激動。

「湯川不一樣，即使是花費了千辛萬苦累積的成果，只要有一絲懷疑，他就會毫不猶豫地親手摧毀，你應該還記得磁單極子的探索吧？」

「老師說那個啊。」湯川苦笑著舉起了酒杯。

「磁鐵不是有S極和N極嗎？」幸正看著奈美惠的臉向她說明，「S極和N極向來都是成雙成對，無論磁鐵再小，都不可能只有S極或是只有N極這種情況，但是，如果小到基本粒子的程度，或許就有可能——雖然科學家這麼認為，只是至今仍然沒有發現，但為這種物質取了『磁單極子』的名字。湯川在研究生期間對磁單極子很感興趣，千方百計想要證明磁單極子的存在，而且當時使用了非常具有獨創性的研究方法，也受到很多教授的矚目。

「但沒有任何一位教授認為我會成功，大家都認為全世界的科學家都做不到的事，區區研究生怎麼可能完成？」

「不瞞你說，我當時也這麼想，我認為你不可能成功。」

「最後大家都猜對了。」湯川看著奈美惠苦笑起來，「雖然我花了一年多的時間研究這個理論，但在基礎部分犯了嚴重的錯誤，結果就把論文丟進了垃圾桶。」

「我很佩服你這種乾脆，很多人無法承認自己的錯誤，然後鑽進死胡同，我認識不少研究人員因為這樣，浪費了龐大的時間，但是你不一樣，很乾脆地放棄了探索磁單極子的夢想，然後運用在完全不同的領域，想到了將磁性體高密度磁化的新方法。太令人驚訝了，沒想到研究量子力學的人突然去挑戰磁性記錄技術。」

「這可能就是所謂上帝關了一扇門，又開了另一扇窗吧。老實說，我當時根本有點自暴自棄。」

「你取的名字也很獨特，叫做磁場齒輪。你老實告訴我，當初你取得專利時，是不是覺得自己可以發大財了？」

「不，這倒……」

「你不可能不這麼想，因為多家美國企業都上門洽詢。」幸正轉頭看著奈美惠，瞪大了眼睛說。

「是喔！」她看著湯川。

「但最後沒有任何一家公司和我簽約，因為他們發現這是一項在極其有限的條件下才能使用的技術。」

「太可惜了，但這對日本物理學界來說是好結果，如果你發了大財，離開研究領域，日本物理學界就會失去寶貴的人才。」

「我完全不是什麼人才，我做了多年的研究，並沒有留下任何像樣的成果，自動增加的只有年紀。」

「你還沒到徒傷悲的年紀，對了，你目前還是單身，難道不考慮結婚嗎？」

奈美惠聽了幸正的話，驚訝地眨了眨眼睛。因為她以為湯川早就結婚了。

「我認為凡事都要順勢而為，我這方面的運勢似乎在上游就被攔截了。」

「你只是覺得單身比較輕鬆吧？」幸正笑著喝了一口酒之後，露出嚴肅的表情說：「但在結婚的問題上小心謹慎並非壞事。我也很希望自己當年應該再謹慎一點。當時我滿腦子都只有研究的事，對婚姻或是家庭完全沒有興趣，只是在恩人的建議之下相了親，說起來之所以會結婚，也是因為想不到拒絕的理由。但是，人不能這麼馬馬虎虎就決定重要的人生大事。雖然我當時痛恨帶著還是嬰兒的老婆離家出走，但現在回想起來，自己也有不對的地方。當時應該多溝通，但我太頑固了，剛好麻省理工學院邀我去做兩年共同研究。我沒有向老婆打一聲招呼就去了美國。原本預計是兩年，最後延長到三年，在這三年期間，我完全沒有和她聯絡，也難怪她會不諒解我。」

幸正喝完杯中的白蘭地，把空杯子放回桌子上，伸手準備拿酒瓶。

「爸爸。」

「老師，你還是別再喝了。」湯川也勸他。

「只有今天晚上而已，這是最後一杯了。」

既然幸正這麼說，奈美惠也無法堅持，只能拿起酒瓶，為幸正的杯子裡倒了酒。

「再多倒一點。」

「不行，就只能喝這些。」她蓋上了酒瓶的蓋子。

這時，她放在廚房的手機響了。只有一個人會在這麼晚打電話來。

「是他打來的吧？妳趕快去接吧。」幸正說。

「……那我去接一下電話。湯川先生，請你看好我爸爸，不要讓我爸爸偷偷倒酒。」

「我知道了。」奈美惠聽了湯川的回答，走進廚房。接起電話後，發現果然是紺野宗介打來的。

「對不起，我現在才剛回到家，聽我媽說，你們家出事了。」

紺野家也在同一個社區，他們就讀同一所小學和中學，但因為年紀相差了好幾歲，所以並沒有同時就讀。

「是啊，真傷腦筋。」

「聽說只有偏屋著火，在偏屋內的人燒死了……」紺野說話有點吞吞吐吐，可以感受到他努力壓抑自己的感情。

「對，那個人死了。」奈美惠也極力用沒有起伏的聲音回答。

「這樣啊。」紺野說完這句話，就沒有再說話，奈美惠也沒有說話。他們顯然都想著同一件事，只是誰都沒有說出來。

「妳的情況怎麼樣？有沒有受傷？」紺野終於開口問。

「我沒事，因為沒有延燒到主屋，爸爸也很好。」

「那就太好了，但不是人為縱火嗎？你們在那裡沒問題嗎？兇手可能還在附近。」

「這一點倒是不必擔心，警方派人守在外面，而且爸爸的學生也在這裡。」

「那應該沒問題了，但為什麼會發生這種事？幸虧是偏屋著火，想到萬一鎖定的是主屋，我就感到不寒而慄。」

「是啊，但我相信這件事倒是不必擔心。」

「為什麼？」

「因為兇手好像鎖定的是那個人。」

「是這樣嗎？會不會只是剛好而已？」

「好像不是這樣，詳細情況我們下次見面時，我再慢慢說給你聽。」

奈美惠覺得現在大肆討論案情似乎不妥當。

「對了，妳今晚就早點休息。我們什麼時候可以見面？」

「目前還不太確定，我明天傳訊息給你。」

「好，那就晚安了。」

「晚安。」奈美惠掛上了電話。

湯川正在客廳打開瓶中船。

「他差不多該回飯店了，計程車十分鐘之後就會到。」幸正說。

「不好意思，讓你陪我們到這麼晚。」奈美惠對湯川鞠了一躬。

「不，我也在這裡度過了寶貴的一晚。相信你們明天之後會很忙，請保重身體。」

「謝謝。」

「今天晚上來這裡的草薙和內海這兩名刑警都很值得信賴，如果遇到什麼困難，可以和他們商量。如果聯絡不到他們，也可以告訴我。」

「知道了，讓你費心了，真的很抱歉。」奈美惠再度鞠了一躬。

湯川把瓶中船放回了原來的位置。

「話說回來，做得太精美了，看來老師的手指已經恢復了原來的靈活。」

「不，大不如前了，但做東西的時候很愉快，對了，這也是我自己做的。」幸正把拐杖遞到湯川面前。

「這個嗎？」湯川拿起拐杖仔細打量。

「你轉動一下握把的部分。」

「這裡嗎？」湯川轉動把手，他似乎覺得有什麼機關，用力拉了一下，握把一下子拉出了三十公分左右。

「我借用了壞掉的摺傘傘柄，」幸正說，「這是懶人拐杖，想把遠處的東西拿過來時，就可以用這根拐杖。搆不著的時候，就可以像這樣拉長。」

「原來是這樣。」湯川將握把塞了回去，這時，他似乎發現了什麼，「咦？這個開關是……？」

他按下開關，旁邊的牆壁上出現了一個紅色的箭頭。原來那是雷射筆。

「裝這個有什麼目的嗎？」湯川問。

「當然就是雷射筆原本的用途。比方說，可以像這樣使用。」幸正從湯川手上拿回了拐杖，打開了開關，櫃子上方的盒子上出現了一個箭頭，「這樣就可以說，湯川，可以幫我拿一下那個盒子嗎？行走不方便時，就需要這種懶人拐杖。」

湯川點了點頭，笑著對奈美惠說：

「老師一定可以長命百歲。」

「是啊。」她也點了點頭。

不一會兒，計程車來了，湯川搭計程車離開了。奈美惠發現，幸正目送計程車離去的背影很寂寞。

6

柏原家位在離友永家一百公尺的地方，六十五歲的家庭主婦柏原良子很瞭解友永家的事，兩戶人家有多年的交情。

「所以友永先生一開始並沒有告訴左鄰右舍，他的兒子回來了嗎？」薰攤開記事本問道。

薰坐在簷廊上，剛才她向正在院子裡晾衣服的良子打招呼，良子請她坐在那裡。良子還拿出一籃橘子請她吃。昨晚發生的事件已經傳開了，良子似乎正在期待警察上門。她說昨晚去參加親戚的守靈夜，回來的時候，消防隊的人已經撤離了。

「他可能覺得有那種遊手好閒的兒子，難以向別人啟齒，而且他老婆帶兒子離開的時候，他兒子還是嬰兒，之後他們父子從來沒見過面，當然很難向別人介紹，我覺得他讓兒子住在偏屋已經很了不起了，終究是自己的兒子，多少還是有點感情。」

「柏原太太，那妳怎麼會知道他兒子住在他家呢？」

「我是聽奈美惠說的，其實在她告訴我之前，我就已經察覺了。這是個小地方，消息傳得特別快，突然有一個衣著奇怪的人在街上晃來晃去，誰都會覺得奇怪，而且還經常和一些不三不四的朋友鬧到深夜，還曾經在院子裡放鞭炮，然後把奇怪的船放在池塘裡，真的造成大家很大的困擾。友永先生可能覺得這樣瞞不住了，就決定告訴幾個熟悉的鄰居。但是他身體不是不方便嗎？所以就由奈美惠四處去向鄰居打招呼。

她最可憐，因為她媽媽沒有和友永先生正式結婚，說句難聽的話，一旦友永先生死了，她拿不到任何遺產，她那麼用心照顧友永先生，真是太不公平了。」良子喋喋不休，似乎想把內心的鬱悶一吐為快。

「邦宏曾經和附近的鄰居發生糾紛嗎？」

「經常發生糾紛，我剛才也說了，他這個人我行我素，但我們盡可能避著他，因為經常有一些不三不四的人去他家。」

「不三不四的人？」

雖然周圍沒有人，但良子還是用一隻手遮住了嘴巴。

「是上門討債的，那個敗家子，如果只是來投靠爸爸也就罷了，聽說還欠了一屁股債。」

友永昨天晚上沒有提這件事。薰猜想他可能不好意思主動說這件事。

「不知道他向誰借錢。」

「那我就不知道了，但我猜想不是什麼正當的地方，因為來討債的都是一些看起來像流氓的人。刑警小姐，昨天的火災不是單純的縱火嗎？因為鄰居說，有警察在打聽，有沒有人看到拿刀子的人。」

「不，這……我不太清楚。」

薰決定不再繼續問下去，在柏原太太的盛情之下，她收下了兩顆橘子。

之後又去幾戶人家瞭解情況，然後回到了轄區分局。間宮和草薙在會議室內，草薙負責調查友永邦宏的交友關係。

「簡單地說，他就是個敗家子。」草薙說，「邦宏的母親和代和友永分居之後，在娘家的稅理師事務所幫忙，但稅理師的父親突然死了，她一下子沒了收入，這應該就是她拒絕和友永離婚的原因。友永先生都會按時寄生活費給她，所以邦宏在高中畢業之前從來沒有吃過苦。高中畢業之後做過很多工作，但都做不久，卻迷上了賭博和聲色場所。妳打聽到他欠的債，也都是欠下的賭債，他早就被信用卡公司列入了黑名單，但聽他的那些狐朋狗友說，他住到偏屋之後，就把所有的債務都還清了，也就是說，是友永先生幫他還清了賭債。」

「這樣啊……」

薰聽了很生氣，也能夠理解草薙在提到被害人名字時，直接叫他名字的心情，也不難理解友永幸正為什麼看起來好像鬆了一口氣。

「岸谷正在調查欠債的金額，但以我的直覺，應該並不是只有一、兩百萬而已，至少是十倍，真的是一個敗家子。」

「不管是不是敗家子，既然他遭到殺害，就必須查出兇手。」間宮在說話的同時剝了一顆橘子，「好，那要從哪裡下手？」

「還沒有找到兇器嗎？」

薰問，間宮皺起了眉頭。

「轄區的刑警已經在相當大的範圍展開搜索，但仍然沒有找到，應該是兇手把兇器帶走了。」

「如果把武士刀留下，馬上就可以查到主人。」草薙說。

「是武士刀嗎？」

「聽說是這樣。」

「不，目前還沒有確定是武士刀。」間宮把橘子放進嘴裡說道，「只是有尖銳的刀子從被害人的後背穿到胸口，傷口寬度大約五毫米，長約三公分，所以有人認為剛好符合武士刀的尺寸。兇手很大力地一刀刺了進去，解剖屍體的醫生說，即使是用武士刀，應該也是劍術高明的劍客。除此以外，並沒有其他外傷，肺部沒有煙，所以是在殺了他之後才縱火。」

「即使不是武士刀，既然能夠刺穿人的身體，可見是相當長的兇器。」

「那把刀至少有三十公分。」草薙說，「而且沾滿了血，不可能帶在身上，而且死者的血也可能濺到兇手身上，如果沒有開車，沒辦法逃走。如果在發生縱火案之後立刻拉起警戒線，搞不好馬上就逮到了。」

「別當事後諸葛亮，發現屍體之後，才知道是兇殺案。」間宮可能擔心被周圍的轄區刑警聽到，壓低了聲音說，「草薙，你繼續調查被害人的交友關係，瞭解是否有金錢糾紛，內海去友永家，向友永先生瞭解債務的情況。」

「好。」草薙和薰異口同聲地回答。

7

「妳說得沒錯，我的確幫他還了債。」幸正語氣平靜地回答。雖然他努力表現得很有精神，但奈美惠覺得他看起來很憔悴。

「他向哪些地方借錢？」內海薰問。

「很多地方，有大型融資機構，也有一些吃人不吐骨的地下錢莊，我保留了收據，等一下可以拿給妳看。」

「麻煩你了，總金額大約是多少？」

「總共加起來可能超過五千萬圓。」

內海薰瞪大了眼睛之後開始記錄。

奈美惠在一旁聽了，回想起當時的情況。

上門討債的那些男人雖然彬彬有禮，但完全感受不到絲毫的妥協和溫情。他們得知邦宏有幸正這個金主後，立刻興奮起來。雖然沒有直接威脅恐嚇，但用軟刀子殺人，一步一步逼幸正就範。邦宏非但沒有體諒對父親造成的痛苦，反而比討債的更殘酷地逼迫幸正拿錢出來。

也不想想這一切是誰造成的——邦宏經常把這句話掛在嘴上。

自己是因為父母太自私，才會變成這樣。通常父親為了照顧孩子，除了出錢，還得出力。既然父親在自己的成長過程中不曾出力，當然必須用和這些勞力相當的金錢來補償。而且自己沒辦法讀大學，如果能夠接受充分的教育，一定可以讀大學，所以自己有權利向父親收取教育費和如果自己上大學必須花的費用——邦宏竟然能夠大言不慚地接連說出這些牽強附會的要錢理由，就連討債的人也忍不住在一旁苦笑。

奈美惠覺得他申請破產不就好了嗎？但她沒有勇氣說出口。因為她在邦宏面前抬不起頭，覺得自己終究是外人，而且她知道幸正的想法。幸正發自內心感到很對不起邦宏。之所以沒有反駁邦宏那些胡說八道的歪理，是因為他覺得是自己造成邦宏的墮落。

最後，幸正賣掉了友永家的一部分土地，為邦宏還了債。奈美惠完全不知道友永家有多少財產，只知道並不是十分有錢。

之後，內海薰也詳細問了有關債務的糾紛，以及是否和左鄰右舍發生糾紛，似乎事先已經蒐集了不少有關邦宏的情況。

「對了，請問邦宏的朋友中，有沒有人有武士刀？」內海薰問。

「武士刀？」

「也可能不是武士刀，而是很長的刀子，你有沒有聽說過誰有這種刀子？」

「不知道，」幸正偏著頭，「我完全沒有頭緒，我兒子是被武士刀殺死的嗎？」

「目前還不知道是不是武士刀，只知道是一把長刀，如果你沒有頭緒就算了。」

她又問了幾個問題之後，接過金融業者的還款收據影本就離開了。

「接下來恐怕還會上門好幾次。」

幸正嘆氣時，聽到對講機的門鈴響了。奈美惠接起對講機，發現是紺野宗介。

「我因為工作來這附近，所以來看看。」他在對講機中說。

幸正說請他進來，奈美惠讓紺野進來客廳。幸正識趣地回去自己的房間。奈美惠之前就告訴他，自己和紺野在交往。

「我剛才去看了偏屋，狀況看起來很慘。」有著一張娃娃臉的宗介瞪大了眼睛，看起來更加年輕了。

「不是全都燒毀了嗎？之後整理恐怕又要花錢了。」

「先暫時丟著應該也沒關係吧。」

「那怎麼行呢？」

奈美惠為宗介倒了紅茶，他說了聲「謝謝」。

宗介在汽車廠的經銷商上班，和父母住在一起，但父親幾乎臥床不起，都由他的母親照顧。

「聽說他是被刀子刺死的，」他喝了一口紅茶後說，「我終於瞭解妳昨天說，『兇手鎖定的是他』這句話是什麼意思了。」

「嗯。」奈美惠點了點頭。

「雖然我知道不該說這種話，但我還是想說出來，我完全支持兇手的行為，真的很感謝他為民除害。」

「阿宗，不能這麼說。」

「我知道，所以我只在妳面前說。」宗介舔了舔嘴唇，「但妳應該也有同感吧？」

奈美惠沒有回答，但她沒有回答其實就是一種回答。

「他根本打算把友永叔叔榨乾，一直當寄生蟲。在友永叔叔死了之後，再霸佔他的財產。財產並不重要，但如果他繼續活著，妳根本沒辦法得到幸福，也沒辦法和我結婚。因為妳放不下友永叔叔。」

「那當然啊，雖然我們沒有血緣關係，在戶籍上也沒有任何關係，但他是我爸爸，是很重要的人。」

「所以我覺得這樣的結果很好。」

「拜託你，千萬別在別人面前說這種話。」

「我知道，我也沒那麼傻。」宗介放下茶杯，看著她的手說：「這個戒指戴在妳手上很好看。」

「是嗎？爸爸還在問，紺野買這麼貴的東西沒問題嗎？」

「雖然我是低薪上班族，這點東西還買得起啦，而且我沒有貸款喔。」

「聽你這麼說，我就放心了。」

當他們相互注視時，門鈴又響了。奈美惠偏著頭接起了對講機，原來是警察，而且既不是內海薰，也不是草薙。

「聽負責監視的人說，紺野宗介先生在這裡。」

「對，他在……」

「不好意思，我們想請教他幾個問題，可以嗎？」

「喔，好……」

奈美惠向紺野確認，他說剛才進來時，身穿制服的警察叫住了他。

她和紺野一起走向玄關，有兩個男人等在門外。

「你是紺野宗介吧？」一個有點年紀，看起來很嚴肅的男人問。

「是，有什麼事嗎？」

男人出示了警察證，然後問他：

「你昨晚八點左右人在哪裡？」

8

湯川寬闊的後背對著薰，雙手以驚人的速度敲打著鍵盤，薰懷疑鍵盤會被他敲壞，但湯川只有手肘前端活動，挺直的後背一動也不動。

啪。湯川敲了某個鍵盤之後，把椅子轉了過來。

「最近光是回覆電子郵件就是一項大工程，同一個人在一天之內寄來好幾次，效率太差了，真希望這種人可以事先整理一下，一次把話說清楚。」湯川拿下眼鏡，揉著眼瞼後看著薰，「不好意思，妳特地跑一趟，還讓妳等這麼久。」

「沒關係。」

薰正在湯川的研究室。因為接到了湯川的電子郵件，說想瞭解偵辦的情況，請她順路的時候去研究室。她今天晚上剛好有事要回警視廳。

「目前情況怎麼樣？啊呀，要不要先幫妳泡一杯咖啡？」

「我不用了——實不相瞞，目前陷入了瓶頸。因為被害人之前的生活很荒唐，經常和別人發生糾紛，但最近完全沒有這方面的問題。」

「沒有發生糾紛，未必代表沒有和別人結怨啊。」湯川在流理台前泡即溶咖啡。

「雖然沒錯……那台你心愛的咖啡機呢？」

「送給了單身生活的學生，我還是比較喜歡喝這個——現場沒有發現任何有可能成為線索的東西嗎？」

「很遺憾，目前還沒有發現？」

「之前聽說是被刀子刺死，兇器呢？」

「目前還沒有找到，研判是很特殊的兇器。」

薰把有關兇器的相關資訊告訴了湯川。

「是喔，原來用武士刀，就這樣一刀捅進去……」

「被害人周圍並沒有發現有武士刀的人，你對這件事有什麼看法？」

「妳問我這種問題，我也答不上來。」湯川坐在椅子上喝著咖啡，「我上次也已經告訴你們，我那幾個朋友提到了奇怪的現象。當房子燒起來時，聽到了巨大的破碎聲，還看到了五顏六色的火光。關於這個問題，你們有沒有查到什麼？」

「已經查到了，那是煙火。」

「煙火？」

「被害人的房間內有煙火，附近的鄰居也證實，他曾經玩煙火和鞭炮。」

「是喔，原來是煙火，所以至少解開了其中一個謎團。」

「還有其他謎團嗎？」

「他們說，在火災發生前，聽到了打破玻璃的聲音，那是怎麼回事？」

「這個問題也已經有了答案，是兇手打破的。」

「為了什麼目的？」

「為了潛入屋內，目前研判兇手是從面向池塘的窗戶潛入屋內。」

「妳聽起來很有自信，有什麼根據嗎？」

「從火場中找到了玄關的門，在調查之後，發現門是鎖著的狀態，所以兇手無法從玄關進去，最合理的解釋就是兇手打破了窗戶潛入屋內。」

湯川放下咖啡杯，抱著雙臂。

「如果是從那裡潛入，那是從哪裡離開呢？我那幾個朋友和奈美惠應該會看到那個打破的窗戶。」

「想必是從隔壁房間的窗戶離開，主屋看不到那裡，所以兇手應該從那裡逃走。」

「那個窗戶有沒有鎖住？現場勘驗時，那個窗戶是打開的嗎？」

「這一點……似乎無法確認，聽說是在滅火時遭到了破壞，但如果那扇窗沒有打開就太奇怪了，那就變成兇手並沒有離開。」

「妳說什麼？」

「我是說，其他人都可以看到打破的那個窗戶，如果玄關的門和其他房間的窗戶都鎖著，不就變成兇手無法逃走嗎？這就太奇怪了。」

湯川並不笨，照理說不需要重複解釋這種理所當然的事。薰覺得很奇怪，忍不住看著他。

湯川用食指推了推眼鏡。

「屍體倒在房間的哪一個位置？」

「我記得在窗邊。雖然消防隊員當時急著把屍體搬出去，不記得正確的位置，但似乎是在窗戶下方。」

「窗戶下方……被害人在房間裡做什麼？」

「不知道，那個房間內有液晶電視和ＤＶＤ播放機。」

「窗邊有可以看電視的椅子或是沙發嗎？」

「不，好像沒有，窗戶旁什麼都沒有。」

湯川右手的手肘架在桌上，對著拳頭吹了一口氣。

「內海，妳想像一下，假設妳在房間內，窗戶的玻璃突然破了，妳會作出什麼反應？會不會逃走？」

「當然會逃啊，但也可能來不及逃走，因為兇手可能追上來一刀刺死。」

「即使這樣，至少也會逃一小段距離，屍體倒在窗邊不是很奇怪嗎？」

「可能在屋內追了一陣子，最後遇刺的地點剛好在窗邊？」

湯川皺起了眉頭。

「一直在房間內打轉嗎？沒有想到逃出屋外？」

「這……的確有點不太合理，但可能有這種人。人在六神無主的時候，常常會做一些匪夷所思的事。」

湯川露出無法苟同的表情托著腮，目不轉睛地看著工作桌的表面。

「金屬魔術……」湯川喃喃說著。

「你說什麼？」

「沒事，我在自言自語。」

「你是不是發現了什麼問題？」

「並不是這樣，只是一貫的習慣，喜歡找碴而已。」他搖了搖手，「我還有另一個問題，妳剛才說，並沒有發現可疑的對象，真的是這樣嗎？我認為警方不可能沒有懷疑那兩個人。」

薰也知道他說的是誰。

「如果你說的是友永先生和奈美惠小姐，我們最先懷疑了他們兩個人，但很快就排除了他們的嫌疑。」

「因為他們有不在場證明嗎？」

「沒錯，而且友永先生不可能犯案，有人認為奈美惠小姐使用詭計的話，或許有可能。」

「什麼詭計？」

「有人提出，被害人可能更早之前就遇刺，可能是為了讓警方誤判犯案時間而縱火。但是解剖結果認為，不可能有這種情況。死亡時間和火災發生的時間幾乎一致。」

「原來是這樣，那真是太好了。」

「只不過，」薰繼續說道：「可能有共犯，正確地說，主犯另有其人，他們兩個人只是共犯。」

「這句話真耐人尋味，有可疑的嫌犯嗎？」

薰不知道該不該說，但最後還是開了口。

「奈美惠小姐有一個男朋友，那個人姓紺野。紺野先生並沒有不在場證明，他說案發當時，他一個人在公司，但沒有人可以證明。剛才在他的主動配合下搜索了他家，並沒有找到兇器。」

「這樣啊。」湯川嘀咕說。

「還有什麼問題嗎？」

「不，這樣就足夠了。不好意思，讓妳在百忙之中特地跑一趟，謝謝妳。」湯川鞠了一躬。

「不客氣，那我就先告辭了。」薰把皮包掛在肩上，走向門口。

「內海。」湯川叫住了她，她轉過頭。

但是，湯川叫了一聲之後沒有說話，從他皺起的眉頭可以感受到他內心的猶豫。

「怎麼了？」

「沒事……」湯川移開了視線。

「到底怎麼了？請你有話直說。」

湯川的胸口用力起伏後，看著薰問：

「我可以……去看一下現場嗎？」

「現場？你是說火場嗎？」

「對，啊，不，」湯川再度移開了視線，「如果太勉強就算了。」

薰感受到一陣激動。這位物理學家有重大發現時，全身都會散發出強烈的氣勢。薰此刻可以感受到這種氣場，只不過他臉上的表情和平時不一樣。

「我請示一下上司，」薰說，「我一定會安排你去看現場。」

她看到湯川微微點了點頭後走向門口。

9

湯川最先拿起了燒焦的書。薰事先就隱約猜到了，所以內心不由得感動起來。

「太慘了……」湯川嘀咕著，「這些都是不可多得的寶貴文獻。」

他的腳下是許許多多燒得焦黑，而且被滅火的水淋濕的書籍。

「牆邊原本有一個書架，那裡遭到燒毀的情況也最嚴重，研判起火點就在這裡。煙火似乎也放在書架附近。」

鑑識課的年輕員警大道說。今天由他負責向湯川說明情況，應該是間宮派他來這裡。

湯川站在房間中央，注視著已經燒垮的書架，轉身走到窗邊。窗外可以看到池塘。

「有沒有採集這些玻璃上的指紋？」他看著散在腳下的玻璃碎片問。

「已經採集了。」大道回答，「但並沒有發現任何線索，只有幾枚被害人的指紋。」

湯川點了點頭，蹲了下來，不知道撿起了什麼。他當然戴著手套。

「這看起來好像是電話的子機。」薰在一旁說。

「嗯，母機在哪裡？」湯川環視周圍。

「在這裡。」大道指著沙發的殘骸旁說，「還有子機的充電座。」

湯川拿著子機走去那裡，放在充電座上，然後看向窗戶。

「為什麼子機會掉在這種地方，通常不是都會放在充電座上嗎？」

「是不是被害人當時在使用？」薰問。

「這應該是合理的解釋。」

「我會馬上向電信公司確認，如果被害人當時正在打電話，對方也許知道什麼。」薰在記事本上記錄著。

湯川再次打量著燒成一片焦黑的室內。

「有沒有這個房間的平面圖？」湯川問大道。

「在這裡。」大道在說話的同時，從手上的檔案夾內拿出一張A４的影印紙。

湯川仔細端詳之後，再度走到窗邊。

「我可以把玻璃碎片帶回去嗎？」

「啊？你是說玻璃碎片嗎？」大道問。

「對，我想調查一下是以怎樣的方式碎裂。」

「喔……」大道露出困惑的表情後拿出手機，「我瞭解了，請等我一下，我請示一下上司。」

「玻璃碎片怎麼了嗎？」薰問湯川。

湯川沒有回答薰的問題，目不轉睛地注視著窗外。

「那是什麼？」他喃喃問道。

薰也順著他視線的方向看去，發現有什麼東西浮在池塘中。

「好像是獨木舟，我想起來了，鄰居太太說，被害人把什麼奇怪的船放在池塘裡玩，原來就是說那艘船。」

「獨木舟。」湯川自言自語著。

大道走過來說：

「上司已經同意了，那就由我們負責收集，今天之內就會派人送去老師的研究室，因為萬一你手指割傷反而更麻煩。」

「我瞭解了，那就麻煩了。」湯川向大道點了點頭之後，看著薰說：「妳可以去請奈美惠來這裡嗎？」

「來這裡？」

「對，我有事想要問她。」

「好。」

薰去了主屋，奈美惠穿著圍裙走了出來，似乎正在準備午餐。薰轉達了湯川的話，她露出詫異的表情解開了圍裙。

薰帶著奈美惠來到現場，湯川簡單打了招呼之後，就立刻進入了正題。

「案發當天的白天，妳曾經和老師來這裡找邦宏，對嗎？可不可以請妳再稍微詳細說明一下當時的情況？」

「當時的情況有什麼問題嗎？」

奈美惠不安地問，湯川對她笑了笑說：

「火災現場有時候可以成為學者寶貴的研究材料，請妳不要多想，把當時的情況告訴我。」

雖然不知道奈美惠是否接受了這種說明，她說了一聲「這樣啊」，然後就在回憶的同時開始說明。薰也在一旁記錄。

友永來拿瓶中船時，要求邦宏搬離偏屋，邦宏當然不可能同意，最後雙方不歡而散。

湯川問奈美惠，在他們父子談話時，誰站在哪個位置，還有瓶中船放在哪裡，誰去拿瓶中船。

「他們有沒有提到那個？」湯川指著窗外問，「有沒有提到那艘獨木舟？」

「啊，好像有。」

奈美惠說，友永對邦宏說，社區管委會來抗議，要他把獨木舟收起來，邦宏當然也不予理會。

「那艘獨木舟有什麼問題嗎？」

「不是，我只是覺得很難得看到獨木舟。我問完了，老師目前在幹什麼？我想去和他打聲招呼。」

「我去問一下。」

目送奈美惠走去主屋後，湯川走向大道問：

「你們有沒有查過火藥的成分？」

「啊？」

「聽說有煙火的灰燼，我想知道有沒有詳細分析殘留的火藥成分。」

「啊……不，並沒有做到這種程度，火藥有什麼問題嗎？」

湯川皺起眉頭，似乎在思考什麼，最後還是搖了搖頭。

「沒事，我只是問一下而已。」說完，他拿下了手套。

奈美惠走了回來。

「爸爸說，請你過去。」

「是嗎？那我就去打擾一下。」湯川把手套交給薰，走向主屋。

薰走到大道身旁。

「我想拜託你一件事。」

「我知道，」大道露齒一笑，「是不是要調查火藥的成分？即使妳不說，我也打算這麼做。」

「謝謝。」

「湯川老師看起來不太對勁，為什麼他不明確要求我調查成分呢？」

「不知道。」薰看向主屋的方向。

10

奈美惠打開紙拉門時，幸正仍然躺在床上。

「我帶他來了。」

「喔，是嗎？」幸正慌忙操作了手邊的開關，隨著馬達的聲音，床的上半部分緩緩豎了起來。

「打擾了。」湯川說著，走進了房間。床邊放著椅子，奈美惠請他坐在椅子上。

「請問要咖啡還是紅茶？」奈美惠問。

「不，我不用了，我很快就要離開。」

「我現在也不喝。」幸正說。

奈美惠猶豫了一下，不知道是否要離開，最後拉了椅子坐了下來。其實她很在意湯川，不知道他剛才為什麼問那些問題。

「老師，這幾天的身體還好嗎？」

「嗯，沒問題。因為發生了那種事，每天都要和警察打交道，所以有點疲累。」

「我會請他們不要讓老師太勞累。」

「你不必擔心，對了，聽說你經常協助警方辦案。」

「談不上是協助。」

「我之前就曾經在報紙上看過有關你的新聞。T大的物理學家協助警視廳偵破了多起匪夷所思的命案，雖然報紙上只寫是Y副教授，是不是你？」

湯川苦笑著垂下了雙眼。

「你可能會罵我不好好做研究，去管這種閒事。」

「不，能夠運用所學的知識幫助他人，是學者應盡的義務。這個世界上有很多人剛好相反，用自己所學的知識殺人。」

湯川點了點頭，注視著幸正的臉。湯川臉上的表情很凝重，然後環視室內。

「老師，你看起來好像仍然在做研究工作。」

因為架子上有很多書籍，以前擔任教職時使用的工作台仍然放在房間內，而且放零件和藥劑的櫃子也還在。

「怎麼可能？」幸正笑了起來，「只是看這些東西，陷入感傷而已，因為捨不得丟。」

「我能夠理解這種心情。」湯川站了起來，探頭看著窗外，「這裡的視野不錯，還可以看到下面的池塘。」

「早就看膩了。」

「但自然的風景終究和人工的景色不一樣，每天都會有不同的色彩。」

「那倒是。」

「從這裡也可以看到偏屋，」湯川說，「還有偏屋的窗戶。」

「可以看到啊，所以火災發生時，我也從這裡看到了。」幸正回答說。

湯川坐回椅子上，摸了摸自己的胸口。

「慘了，我忘了帶手機——對不起，我可以借用一下電話嗎？」他指著床邊的家用電話問。

「沒問題。」幸正說。

湯川把電話放在耳邊，然後微微偏著頭。

「撥打外線時要先按這個按鍵。」奈美惠在一旁伸出手，「對不起，這台電話很老式。」

「不會。」湯川笑了笑，撥打了電話。

「喂？我是湯川……今天會有人送東西去研究室，因為我不回研究室，可以幫我收一下嗎？……嗯，拜託了。」

掛上電話後，他說了聲：「謝謝。」然後看著手錶。

「打擾了，我差不多該走了。」

「這麼快就走了嗎？你應該很忙吧。」

「今天很高興見到老師。」湯川深深鞠了一躬。

奈美惠送湯川到玄關後回到幸正的房間，他已經把床放下，再度躺在床上。

「紺野之後怎麼樣了？之前警方不是問了他的不在場證明嗎？」

「因為在他家沒有搜到任何東西，之後也就沒再說什麼，但他說，警方應該並沒有排除他的嫌疑，因為也有刑警去了他上班的地方。」

「這……還真傷腦筋。」

「雖然警方懷疑他也情有可原，但他根本不可能做這種事。」

「別擔心，很快就會排除他的嫌疑。」幸正說完，看著窗外的天空。

11

間宮抱著雙臂坐在那裡，垂著嘴角。他臉頰有贅肉，做這個表情時看起來很像鬥牛犬。

「你說發現了泡麵的碗？」

「對。」

草薙站在間宮面前，雙手放在身後，低頭看著上司。

「你不是在確認紺野沒有不在場證明嗎？」

「不完全正確，我只是在調查他的供詞是否屬實。那天晚上，紺野說他留在辦公室加班，晚上八點左右吃了一碗泡麵。我找到了泡麵的碗，上面有他的指紋。案發當天晚上八點半，清潔人員收了他丟空碗的那個垃圾桶裡的垃圾。那個垃圾桶放在走廊上，清潔人員並沒有發現紺野留在辦公室。命案發生在晚上八點多，紺野的辦公室到現場至少要一個小時，如果紺野是兇手，就不可能把泡麵的碗丟在那個垃圾桶內。」

「會不會是更早之前丟的？」

「不可能，紺野當天晚上七點回公司之前都一直在外面。」草薙淡淡地回答。

「所以紺野有不在場證明。」

「沒錯。」

「你去翻垃圾？」

「不行嗎？」

「不，辛苦了，幹得好。」間宮板著臉說完，雙手抓著頭，「只不過這麼一來，變成沒有嫌犯了。可惡，我原本覺得那傢伙最有嫌疑。」

草薙轉身走向薰。

「似乎已經排除了紺野宗介的嫌疑。」

「當然啊，我一開始就覺得他不是兇手，他沒那個能耐。」

「這是你身為刑警的直覺嗎？」

「不是。妳知道紺野在學生時代的體育成績嗎？他根本不可能破窗而入，然後動作俐落地用武士刀殺人。」

「聽起來很有邏輯嘛，是受湯川老師的影響嗎？」

「妳這是在調侃我嗎？」

草薙瞪著薰時，一個男人走進會議室，他是鑑識課的大道。他走到間宮面前，把什麼資料交給了他。間宮看了之後，面對薰和草薙說：

「你們過來一下。」

走去間宮的座位前，間宮把資料遞過來說：「你們看一下。」這是之前請鑑識課分析從現場採集的火藥成分報告。

「環三亞甲基三硝胺……這是什麼？」草薙問。

「一種炸藥，通常用於塑性炸藥。雖然只有少量，但命案現場可能使用了這種炸藥。」大道回答。

「煙火會使用這種炸藥嗎？」

薰問，大道立刻搖了搖頭。

「煙火使用的是黑火藥，現場當然也採集到了黑火藥。」

「所以兇手使用炸藥引發了那場火災嗎？」間宮問。

「這就不清楚了，也可能是被害人自己保管的炸藥。」

「這個結果出爐後，鑑識的見解有什麼改變嗎？我覺得只是煙火變成了炸藥而已。」

「目前還不清楚，因為結果才剛出爐。」

「可以借我一下嗎？」草薙拿起報告，轉頭看著薰說：「妳帶這份報告去找湯川。」

「好主意，」大道也說：「那位老師發現了什麼，與其我們在這裡討論，還不如直接請教他。」

間宮沒有說話，只是微微點了點頭，似乎表示同意。

「那我去找他。」薰接過了報告。

帝都大學物理系第十三研究室顯示人員目前去向的磁性板上顯示湯川目前外出。問了研究室內的學生，得知他在第八研究室，薰直接去了相隔五間的研究室。

湯川正獨自在那裡看資料，他看到薰，急忙闔起了手上的資料夾。

「妳要來之前，可以先打電話給我嗎？」

「我打了你手機，但你沒有接電話。」

「啊……」湯川咬著嘴唇，「我一直放在研究室。」

「這裡是什麼研究室？你也會來其他研究室嗎？」薰看著他剛才闔起的資料夾，看到上面寫著「爆炸塑型中金屬流體動向分析」。薰完全看不懂是什麼意思，但「爆炸」這兩個字引起了她的注意。

「我有時候也會有事需要來其他研究室。」湯川拿起了資料夾，「如果妳找我有事，那我們去外面談，妳在外面等我一下。」

薰在走廊上等了一會兒，湯川很快走了出來，剛才的資料夾不見了。

「之後有什麼進展嗎？」湯川邊走邊問。

「已經排除了紺野先生的嫌疑，草薙先生證實了他的不在場證明。」

「是嗎？不愧是幹練的刑警，真有兩下子。」

「除此以外，還有這個。」薰停下腳步，從皮包裡拿出了報告，「草薙先生要我拿給你。」

湯川接過報告，迅速瀏覽了一下，露出了憂鬱的眼神。

「你們調查了火藥成分嗎？」

「不行嗎？」

「沒有。」他搖了搖頭，把報告交還給薰。

「鑑識課對這個結果有沒有表示什麼意見？」

「目前還沒有正式的意見。」

「是嗎？」

湯川走到窗前，看著戶外。他似乎在沉思，又好像陷入了苦惱。

薰正想叫他，但還沒有開口，他就看著薰說：

「妳開車來這裡嗎？」

「是啊。」

「那我要拜託妳一件事，可以和我一起去友永老師家嗎？」

「去友永先生家？當然沒問題，要去幹什麼？」

「這……去了之後就知道了，只要去那裡，見到友永老師就知道了。」

湯川眼中露出了薰以前不曾看過的悲傷眼神，她無法繼續發問。

「好，我把車子開到大門。」

「謝謝，我馬上過去。」湯川走向自己的研究室，白袍的下襬揚了起來。

12

湯川坐在副駕駛座上幾乎沒有說話，他一直看向前方，但薰知道他並沒有在看前方的風景。

「要不要聽音樂？」

薰問，但湯川沒有回答。薰不再多問，專心開車。

「友永老師這個人，」湯川終於開了口，「他並不是那種靠獨創靈感致勝的學者，他採用的研究方式，屬於用自己的方式擴大、應用別人已經確認的事實，他是實踐派，可以不斷重複做相同的實驗，累積數據資料。這種研究也很寶貴，那些數據資料也很有價值，只不過其他教授並不欣賞他，都說他沒有任何創新，和工學院的人做同樣的事——這也是他直到退休，都還只是副教授的原因。」

「這樣啊。」

薰第一次聽說這件事。雖然聽了其他偵查員的調查結果，得知了友永幸正的經歷，但並不知道他是怎樣的研究人員。

「但是，我很喜歡那位老師的研究方式，理論的確很重要，但實踐也很必要。有時候在實踐中失敗，可以從中有新的發現和靈感，我從他身上學到了這件事，所以他是我重要的恩人。」

「現在為什麼要去他家？」

湯川沒有回答這個問題，薰也沒有追問。因為她有點瞭解湯川想要做什麼。一切由他決定。薰心想。

當他們來到友永家時，奈美惠一臉困惑的表情請他們進了屋。如果是湯川一個人上門也就罷了，但看到他和薰一起出現，不由得產生了警戒。

友永正在客廳看書，他抬頭看著他們，嘴角露出了笑容，臉上的表情很平靜。

「今天和刑警小姐一起來嗎？所以並不是單純來看我。」

「很遺憾，的確是這樣。我今天登門拜訪，是有重要的事情想和老師談一談。」

「我猜到了，先坐下再說。」

「好。」雖然湯川這麼說，但並沒有坐下。他看著奈美惠，奈美惠似乎察覺了湯川的用意，眨了眨眼睛，看著牆上的時鐘說：

「爸爸，我先去買菜，大約三十分鐘後回來。」

「喔，好。」

湯川聽到奈美惠走出玄關後，才在友永對面坐了下來。薰在離他們有一小段距離的餐桌旁坐下，她的位置看不到湯川臉上的表情。

「似乎是不想讓奈美惠聽到的事。」友永說。

「雖然遲早必須告訴她，但今天只想和老師談。」

「嗯，所以是什麼事？」

湯川的後背微微起伏。薰察覺他在深呼吸。

「據說在現場發現了爆炸用的火藥環三亞甲基三硝胺，那是老師以前在『爆炸塑型中金屬流體動向分析』中所使用的火藥。」

友永瞇起了眼睛。

「你竟然還記得這個題目，聽到這個題目，真讓人懷念啊。」

「老師，」湯川說：「我想我很瞭解狀況，也知道老師是在情非得已的情況下這麼做，但這無法改變犯罪的事實，是否可以請你勇敢地向警方自首？」

薰聽到這句話，忍不住心跳加速。雖然這樣的發展在她預期之中，但實際聽到時，仍然感到慌亂。

沒想到當事人友永不慌不忙，他露出平靜的眼神看著以前的學生。

「你的意思是，即使我行動不便，你仍然認為我殺了邦宏。」

「我已經知道了你所使用的方法，普通人的確無法做到，但是老師是『金屬魔術師』，所以有辦法做到。」

友永笑了起來。

「這個稱呼也很令人懷念，距離現在多少年了？」

「我是十七年前聽到的，在我實際加入時聽說的。」

「這樣啊，已經十七年了啊。」

「老師，請你務必去自首。」湯川說，「雖然我不知道目前你坦承犯案，在法律上算不算是自首，但是警方完全沒有懷疑你，只要你現在說出一切，在審判時一定可以從輕量刑。老師，請你務必聽我的懇求。」

友永收起了臉上的笑容，好像能劇面具般面無表情，用冰冷的眼神注視著湯川。

「既然你這麼說，想必是有什麼根據。」

「我分析了玻璃碎片。」

「玻璃碎片……？然後呢？」

「我檢查了每一塊碎片的碎裂面，然後用電腦分析，結果發現玻璃並非從外側敲破，而是因為房間內側的力量導致玻璃破碎。順便向老師報告，我是靠著是否有附著香菸的焦油微粒，來判別玻璃的內外側。」

「所以呢？玻璃從內側碎裂，我就是兇手嗎？」

「玻璃並非單純碎裂，而是有什麼東西以非常驚人的速度貫穿玻璃，導致裂痕擴及整片玻璃，其他部分也同時碎裂。從現場的狀況研判，貫穿玻璃的東西也是貫穿邦宏身體的東西。警方推測是武士刀的兇器，其實是超高速的飛刀，只有『金屬魔術師』有辦法打造出這種東西。」

薰聽了湯川的話，不由得感到驚愕。她很想做筆記，但湯川事先要求她不要記錄今天的談話。

「如果老師不願意自首，我就必須代替老師向警方說出真相，而且還必須做實驗來驗證。老師，請你不要讓我做這種事。」雖然湯川一如往常的淡然，但可以感受到他真心的懇求。

但是，友永緩緩搖了搖頭。

「我無法做到，因為我並沒有殺自己的兒子，兇手另有他人，是某個有武士刀的人。」

「老師……」

「不好意思，你請回吧，我沒空聽你的妄想。」

「老師，為什麼？你不是打算自首嗎？」

「你在說什麼？還在妄想嗎？刑警小姐，我請客人離開，客人不願離開的話，適用哪個罪名？」

友永問，薰感到不知所措，只能默默看著湯川的背影。

「無論如何都不願意自首嗎？」湯川再度問道。

「你是不是覺得我很閒，有空聽你聊這些莫名其妙的話？」友永壓低了嗓門。

湯川站了起來。

「好，那我告辭了。」他轉頭對薰說：「我們走。」

「真的就這樣了嗎？」

「沒辦法，我判斷錯誤。」

「我就不送兩位了。」友永說：「玄關的門不用鎖。」

湯川行了個禮，走向玄關。

13

草薙用拋棄式電子打火機點了好幾次，才終於點著了菸。雖然有點風，但並沒有大到會吹起大衣的衣襬。

「剛才不是說要嚴禁火燭嗎？」薰提醒他。

「我知道，應該是指不要靠近裝置。」草薙吐了一口煙，視線看向遠方。草叢中搭了一個高台，鑑識課的人神情嚴肅地在旁邊作業。湯川和大道在高台旁討論著。

「草薙！」湯川叫了一聲。

「你看吧，被發現了。」

「妳別吵。」草薙皺起眉頭，在攜帶型菸灰缸內捺熄了香菸。

湯川向他們招手，薰和草薙一起走了過去。

「你們看這個。」

湯川把一個十公分見方的扁平盒子遞到他們面前，中央插了一片細長心形的金屬板。

「這是什麼？」草薙問。

「這塊金屬板是不鏽鋼，厚度約一毫米，但厚薄並不均勻，有的地方薄，有的地方厚。至於為什麼要這樣，晚一點再向你們說明。金屬板背面塗了糊狀的炸藥，炸藥的內側還裝了可以用無線電操控的引爆裝置。」

「聽起來太可怕了。」

「所以我才說嚴禁火燭。不好意思，不能在這裡抽菸。」

草薙撇著嘴角，挑了挑單側眉毛。

「你們把這個高台想像成友永家偏屋的書架，根據平面圖，窗戶在離這裡五公尺的位置。」

湯川手指的方向有一個玻璃窗的模型，另一側堆著沙袋，窗戶玻璃前放了一個架子，有一個長方形的東西用布蓋了起來。

「那是什麼？」草薙問。

「是豬肉，」大道回答，「因為要確認貫穿力，總不能用人來做實驗。」

「原來是這樣。」

湯川把手上的盒子放在高台的中央，讓金屬板對著窗戶玻璃的方向，然後小心謹慎地調整了位置。

「準備就緒，大家退後。」

大道聽了湯川的指示，立刻要求所有人後退。薰也和湯川、草薙一起躲到停在二十公尺外的車子後方。

大道用無線對講機和同事聯絡後對湯川說：「隨時都沒問題了。」

「那就開始吧。」湯川瞥了一眼手錶後，操作著筆電。

一聲沉悶的爆炸聲後，傳來玻璃破裂的聲音。

「結束了。」湯川說。

大道、草薙和湯川一起走了過去，薰也跟在他們身後。

湯川搶先把包著豬肉的布撿了起來。豬肉從架子上掉了下來。湯川拿下布，遞到薰和其他人面前說：「你們看一下這個。」

薰瞪大了眼睛。厚實的豬肉竟然有一個看起來像是被銳利刀子刺穿的洞。

「看起來像是用刀子刺穿的。」草薙說出了薰的想法，「但刀子在哪裡？」

「應該在那裡。」湯川指著沙袋的方向。

不一會兒，一名正在檢查沙袋的鑑識課成員不知道撿起了什麼，說了聲：「找到了。」

然後立刻送到了湯川的手上。

「很成功。」湯川接過來後小聲說道。

草薙瞪大了眼睛。

「剛才的心形金屬板變成這樣了嗎？簡直難以相信。」

薰也有同感。金屬板簡直變成了刀鋒。雖然不是非常銳利，但一旦用力，就可以刺進身體。

再仔細一看，發現內部竟然是空的。

「這是怎麼回事？請你用外行人也聽得懂的方式說明一下。」草薙說。

最後決定在警視廳的小會議室內說明相關情況。間宮和鑑識課的負責人也在場。

「通常在炸藥爆炸時，力量會以球狀向周圍散開，也許說朝四面八方散開比較容易懂。但是針對炸藥做各種處理，就可以控制爆炸力的方向。比方說，在炸藥中挖出一個圓錐形的空洞，爆炸的能量就會集中在那個空洞的前方，這稱為蒙羅效應。除此以外，還可以將炸藥處理成很薄的扁平狀，或是將超過兩種類的炸藥疊成層狀，這樣就可以讓超過一半的爆炸能量集中在希望的方向。如果再用金屬板蓋在經過處理的炸藥上，爆炸能量的反作用就會把金屬板彈出去，金屬板也會同時變形。重要的是，有辦法控制變形的程度。比方說，讓圓形金屬板中央凹下去時，爆炸的能量一開始就會集中在中心，於是就會導致圓形的中心先飛出去，離中心比較遠的部分比較慢才飛出去。」

湯川從懷裡拿出手帕，然後對身旁的薰說：「妳用雙手把手帕拉直。」

薰按照他的指示拉直手帕，湯川用食指戳向手帕中央。

「就像這樣，前端部分會變尖。從這個形狀就不難猜想，飛出來的金屬塊具有極大的貫穿力。事實上，有利用這個原理製造的武器，稱為自鍛破片。當然也有更和平的運用方式，利用這個原理為金屬塑形的方法稱為爆炸塑形或是爆炸加工。」

湯川從放在旁邊的皮包裡拿出一個資料夾，薰之前曾經看過這個資料夾。

「這是友永幸正先生大約在二十年前寫的論文，論文的題目是『爆炸塑型中金屬流體動向分析』。友永先生藉由龐大的實驗分析出爆炸可以如何改變金屬的形狀。炸藥的種類、份量、形狀、金屬板的材質、形狀、尺寸——他逐一嘗試了可說是無數的所有組合，最後成功地做到了幾乎可以稱為完美的模擬。那位老師……友永老師可以隨心所欲地改變金屬的形狀。我們對他出色的技術表達敬意，所以稱他為『金屬魔術師』。」

他打開資料夾，把其中一頁出示在所有人面前。

「這上面寫的是模擬的程序，我這次就是根據這個程序，計算出形狀像武士刀刀尖的條件。剛才的實驗就是以此為基礎，結果就是草薙先生、內海小姐和鑑識人員所看到的。」

湯川說到這裡，筋疲力盡地坐在鐵管椅上。

「原來是這樣。」間宮用指尖摸著變形的金屬片，「這個裝置可以簡單設置嗎？我覺得決定位置應該不是一件容易的事。」

「沒錯。命案當天的白天，友永先生去了偏屋，他有幾分鐘獨處的時間，我猜想他就是利用這段時間設置。他應該把裝置偽裝成書籍，在設置時，高度和角度很重要，友永先生有決定位置的專用工具。」

「工具？」

「他的拐杖，他將握把改造成可以自由伸縮。要設置在可以刺穿被害人身體的位置，普通長度的拐杖應該太短。而且他的拐杖上有雷射筆，我猜想是為了決定金屬片發射後飛出去的位置。」

間宮搖了搖頭，但並不是無法理解這番說明，而是讚嘆湯川的慧眼。

「但他不是遠距離操作嗎？怎麼知道能不能打中被害人呢？」

這時，草薙在一旁插嘴說：「所以需要被害人站在金屬片射出去的軌道上。」

「要怎麼讓他站在那裡？」

「用電話。雖然電信公司並沒有使用電話的紀錄，但他們家的主屋和偏屋之間有內線電話，他打電話讓被害人站去窗邊。」

「他叫被害人站在窗邊？這樣說的話，不是會引起懷疑嗎？」

「如果這麼說的話，當然會引起懷疑，所以也許是這樣說，『有人在搬你心愛的獨木舟』。友永幸正事前對被害人說，社區管委會的人要求把獨木舟搬走。但是，根據我們的調查，根本沒有這件事，所以應該是友永為打這通電話埋下伏筆。於是被害人走到窗邊去看自己的獨木舟，從友永的房間可以清楚看到偏屋的窗戶，在確認被害人站在那裡之後，只要按下引爆裝置的開關就解決了。」

草薙口若懸河地說完之後，看著湯川露齒一笑。雖然推理得很精采，可惜不是草薙思考的結果。

間宮低吟了一聲。

「有沒有詢問負責解剖的醫生意見？」

「問了。」薰回答，「醫生說，很可能是這種前端尖銳的東西貫穿了身體，只是附了一個但書，如果有可能做到這一點的話。」

間宮抱著雙臂說：

「那就沒問題了。接下來要找證據。」

「只要找到衝破窗戶玻璃的兇器就好。」草薙說，「八成在池塘底部。」

「那就打撈起來。」間宮拍著桌子站了起來。

所有人都走出了會議室，薰也跟著走了出去，但突然發現不對勁，轉頭一看，發現湯川仍然坐在那裡，一動也不動地看著資料夾。

「湯川老師，」她叫了一聲，當湯川抬起頭時問：「這樣沒問題嗎？」

「當然，有什麼問題嗎？」

「沒有。」薰搖了搖頭，走出會議室，草薙在門外等她。

「他是真正的科學家，所以無法原諒有人用科學殺人，即使那個人是他的恩人也一樣。」

薰默默點了點頭。

14

友永幸正遭到逮捕的第四天，湯川打電話給薰，問她是否可以安排他和友永見面。

友永目前被關在轄區警局的拘留室內，他對犯案坦承不諱，已經移送檢方。

薰請示了間宮，間宮說沒問題。薰轉告湯川後，湯川簡短地說了聲「謝謝」，就掛上了電話。

薰在等待湯川時感到心神不寧。那位物理學家到底打算做什麼？只是向以前的恩師道別嗎？

警方花了整整三天的時間才在池底打撈到成為兇器的金屬片，打撈起來的金屬片和湯川的實驗結果非常像，在分析金屬片之後，發現了和友永邦宏的ＤＮＡ一致的肉屑。

向友永出示金屬片後，他馬上伏首認罪，他完全沒有反駁，和湯川勸他自首時的態度完全不同。間宮他們說，他知道警方在池塘打撈，可能已經作好了心理準備。

友永的犯案動機是「我無法忍受自己的財產被他耗盡」。

「你們倒是想一想，雖然他是我的兒子，但他離開時還是嬰兒，之後就從來沒有見過面。我無法忍受自己寶貴的財產被他花光，我還打算活好幾年，那些錢是我唯一的依靠。我已經拜託他好幾次，要他搬出去，但他都充耳不聞，所以我走投無路了。」友永語氣平靜地對負責偵訊的草薙這麼說。

他說當天邀以前教過的學生來家裡，就是為了製造不在場證明。

「因為家裡只有我和奈美惠兩個人，警方一定會懷疑是我們其中一人，所以我就找他們來家裡。我覺得自己的計畫很成功，最大的失策就是也找了湯川一起來。他的記性太好了，我還以為他早就忘了我以前做的研究。」

薰問他，當湯川勸他自首時，他有什麼感想。友永噗哧笑了一聲說：

「我覺得應該有辦法搪塞過去，只是沒想到他竟然發現我用內線電話，還有拐杖裡的機關，他還真是個麻煩人物。」

正午過後，那個麻煩人物出現了。湯川穿了一套和之前去友永家時不同的西裝。

「老師的情況怎麼樣？」他一看到薰，劈頭就這麼問。

「身體狀況很不錯，因為現在已經不會長時間偵訊了。」

薰和湯川在偵訊室內等待片刻，友永在女警官的陪同下，他用腋下拐杖走了進來。輪椅應該放在門外。

友永露出淡淡的笑容坐在椅子上。湯川見狀，也拉了椅子坐下來。他剛才一直站著。

「怎麼了？為什麼愁眉苦臉？」友永說：「你不是應該很得意嗎？你的推理不僅很精采，而且還實際驗證了，身為科學家，不是應該很滿足嗎？你該露出高興的表情，還是你對我沒有聽你的建議去自首感到憤憤不平？」

湯川深呼吸後開了口。

「老師，你為什麼不信任我們呢？」

友永皺起眉頭，露出訝異的表情問：「什麼意思？」

「內海，雖然我不知道老師的供詞說了些什麼，但那並非事實，至少動機完全不一樣。」

「你到底想說什麼？」

「老師，你知道會有這樣的結果……不，應該說，你希望會有這樣的結果，所以才會犯案。」

友永露出緊張的神色。

「你別說傻話了，世界上哪有人為了被抓而殺人？」

「問題就是有，而且就在我面前。」

「怎麼可能？你別胡說八道了。」

「湯川老師，請問這是什麼意思？」薰問。

「刑警小姐，妳不必聽他的，不用理會他說的話。」

「請你不要說話。」薰說：「你如果不閉嘴，就給我出去——湯川老師，請你告訴我。」

薰察覺到湯川吞著口水。

「我無法理解老師為什麼給我看他的拐杖，如果我不知道拐杖的機關，就無法瞭解要怎麼決定裝置的位置。但因為看了拐杖，所以就能夠很順利地推理出來。於是我就想，老師是不是打算自首，只是下不了決心，希望我推他一把。」

薰聽了這番話恍然大悟，難怪湯川上次問友永，你不是打算自首嗎？

「老師遭到逮捕之後，我一直在考慮這個問題，然後突然開了竅，覺得自己可能完全搞錯了方向。一切都在老師的計算之中，這樣的結局正是老師的目的。這麼一想，就覺得所有的事都有了合理的解釋。」

「怎樣合理解釋？」薰問。

「我想了一下，老師遭到逮捕之後，會造成怎樣的結果。」湯川對薰說完這句話，再度看向恩師，「奈美惠很難過，因為養育她的爸爸遭到逮捕，她當然很難過，但是，她也因此擺脫了必須照顧輪椅老人的生活，如此一來，就可以嫁給同樣需要照顧行動不便父親的紺野先生。邦宏死了之後，你所有的財產都可以留給她，完全不會有任何阻礙。你犯下這次的命案不是為了你自己，全都是為了奈美惠的幸福。」

湯川說的一切太令人震驚，薰一時說不出話。她調整呼吸後問友永：「是這樣嗎？」

友永臉色鐵青，瞪大了眼睛，微微搖晃著身體。

「太荒唐了……怎麼、可能有這種事，怎麼可能這麼大費周章……」

薰被他的這句話點醒，看著湯川說：

「對啊，如果目的只是殺兒子被抓，根本不需要用這麼大費周章的方法。」

湯川露出了淡淡的笑容說：

「如果是普通人，的確是這樣，只要用刀子殺了對方就好，也可以掐死，但他做不到。想要殺一個年輕男人，就只能用自己擅長的本領，讓『金屬魔術師』出場。只不過一旦使用了這個魔術，會有一個很大的問題，那就是警方可能查不出殺人的方法。」

「啊！」薰驚叫了起來。

「受到炸藥的影響，現場會發生火災。因為被害人站在窗前，所以關鍵的兇器無論如何都會飛進池塘。警方並不知道『金屬魔術師』的存在，認定被害人是被刀子刺死，如此一來，就變成完美犯罪，但這樣就無法達到目的，於是就把知道這個魔術，同時和警方有關係的人找上門。」

「所以找你……」

湯川緩緩點了點頭。

「老師讓我看拐杖，就是讓我解開這個謎題。友永老師，你可以自在地操控金屬，也是操控人心的魔術師，我徹底落入了你的圈套。」湯川重重地吐了一口氣，看著薰說：「我說完了。」

「如果擔心這件事，自首不就解決了嗎？自首也同樣會遭到逮捕。」

「當然是這樣，但自首有可能會從輕量刑。」

薰倒吸了一口氣，瞭解了湯川想要表達的意思。

「嫌犯通常都希望法官能夠從輕量刑，但這次的情況不一樣。這位嫌犯希望刑期越長越好，最好能夠死在監獄，所以不能自首，必須在執行兇殺計畫之後，面對證據，無可奈何地招供——必須是這樣的劇情。」

友永垂著頭，在無奈中似乎感到鬆了一口氣。

「妳認為老師為什麼沒有把奈美惠收為養女？」湯川問。

薰不知道，所以搖了搖頭。

「因為一旦這麼做，照顧老師終老就變成她的義務。老師雖然受她的照顧，但一直希望可以讓她解脫。但是老師，我完全不覺得她認為照顧你是一種痛苦。」

湯川低下頭，然後好像下定決心似地抬起了頭。

「我和奈美惠談過了，她把和被害人之間的事告訴了我。」

「該不會……？」友永驚訝地瞪大了眼睛。

「她說，也許你已經知道了那件事。我希望你能夠猜到那件事，因為我真的不想說出口。」

薰聽到這裡，憑直覺想到一件事。忍不住問：

「奈美惠小姐該不會和被害人之間有肉體關係……」

「當然並不是你情我願。」湯川說，「但是，她並沒有張揚，因為她不希望老師難過，而且她也沒有離開那個家，因為她覺得必須繼續照顧老師。」

友永的臉上露出痛苦的表情，臉頰的肌肉抽搐著。

「而且，」湯川繼續說了下去，「老師，你並不是只有她而已，你不是還有我們嗎？所以我一開始就問你，為什麼不相信我們？」

友永抬起頭，他紅著雙眼。

這時，門打開了，草薙走了進來，在湯川耳邊小聲說了什麼。

「你讓他們進來。」湯川小聲回答。

不一會兒，三個男人走了進來。薰之前曾經向他們瞭解情況，所以知道他們的名字。安田、井村、岡部——就是那天去友永家的學生。

「你們……」友永嘀咕著。

「是我叫他們來的。」湯川說，「我應該會站上證人席，我打算在法庭上說剛才那些話，然後要求法庭從輕量刑。無論老師怎麼想，我都會竭盡全力讓你早日出獄，同時，我們會扛起相應的責任。等你服完刑之後，請你依靠我們，拜託了。」

其他三個人也站在那裡，和湯川一起鞠了躬。

友永的右手擦著眼睛，身體顫抖著，發出了嗚咽。

「真是拿你們沒辦法。」他的嘴角露出了笑容，「這樣的結果出乎我的意料，沒想到被你反將一軍，不，我投降。」

他放下右手時已經滿眼是淚。

「你變了，你以前只對科學有興趣，到底從什麼時候開始能夠瞭解人心？」

湯川露出微笑說：

「人心也是科學，而且很深奧。」

友永看著往日的學生，點了點頭。

「是啊，」滿頭白髮的他微微欠身說：「謝謝你。」

第三章

／

密室

1

遠處響起平交道警報器的聲音，顯示列車越來越近。藤村伸一坐在休旅車的駕駛座上看了看手錶。手錶顯示目前是下午兩點零八分。列車時間完全符合時間表。兩點零九分抵達，兩點十分發車離站。

他的車子停在車站前的圓環，雙眼注視著車站的出入口。車站很老舊，水泥牆上有好幾道裂縫。

不一會兒，就有一個人從車站走了出來。那個人身材高大、姿勢挺拔。即使他穿著大衣仍然不難發現，他和學生時代一樣，緊實的身體沒有贅肉。

藤村走下休旅車跑向男人，叫了一聲：「湯川。」

湯川轉頭看著他，金框眼鏡下的雙眼瞇了起來，應了一聲：

「嗨！好久不見，你看起來不錯。」湯川說完之後，打量著藤村的身體，

藤村皺起了眉頭。

「你是不是要說，雖然看起來不錯，但身材發福了？草薙早就說了，你看到我，一定會說我的身材。」

「我不會說這種事，上了年紀，身體就會發生變化，大家都一樣。」

「你幾乎都沒什麼變嘛。」

「不，這裡還是和以前不一樣了。」湯川指了指自己的腦袋，「開始有白髮

了。」

「你頭髮還那麼濃密，有幾根白髮就別再挑剔了。」

藤村帶著湯川走向休旅車，等湯川坐上副駕駛座後，發動了引擎。

「這裡到了十一月，還真有點冷啊，好像還下過雪了。」湯川看著車窗外說，道路旁還可以看到雪塊。

「五天前下了一場雪，今年比往年更冷。這裡和東京不一樣，在東京的時候，十一月時還穿得很單薄。」

「你已經習慣這裡的生活了嗎？」

「我也不太清楚算不算習慣了，畢竟接下來才是我要在這裡過的第二個冬天。」

「民宿經營的情況怎麼樣？」

「嗯，還撐得下去。」

藤村開的休旅車一路開上狹窄的坡道。坡道雖然鋪了柏油，但路並不寬，沿途經過了有一排小店的村落，藤村並沒有停車。

「在這麼高的山上啊。」坐在副駕駛座上的湯川意外地問。

「快到了，再忍耐一下。」

藤村開車繼續前進，連續經過幾個彎道後，終於來到道路比較寬的地方，他在護欄旁把車子停了下來。

「這是哪裡？」湯川問。

「民宿就在前面，但你可以先下來嗎？」

湯川露出困惑的表情，但立刻點了點頭說：「好。」

護欄下是峽谷，可以聽到河水流動的聲音，離谷底大約有三十公尺，河面上有大小不一的岩石。

「好震撼。」湯川探頭看著下方說。

「那起事件，」藤村舔了舔嘴唇，「就是在這裡發生的。」

湯川轉過頭，臉上並沒有驚訝的表情。剛才藤村請他下車時，他應該就已經猜到了。

「從這裡墜落嗎？」

「對。」

「這樣啊。」湯川再度探頭看著護欄下方，「這麼高的話，應該馬上就完蛋了。」

「聽說是當場死亡。」

「應該是。」湯川點了點頭。

「我想先帶你來看一下。雖然不知道有沒有參考價值。」

湯川聽了藤村的話，有點為難地偏著頭說：

「我在電話中也和你說了，我並不是警察，也不是偵探。也許你以為我偵破了很多案子，但其實只是站在物理學者的立場，向草薙他們提供了一些建議而已。如果你抱有太大的期待，我也很傷腦筋。」

「草薙要我和你討論這件事。」

湯川嘆了一口氣，無奈地搖了搖頭。

「他真是太不負責任了，不僅自己常常把麻煩事丟給我，還要你也來找我。」

「他是警視廳的人，無法插手其他府縣的事件，而且他聽我說明情況之後，說這種事找你最適合，他說你最擅長解決這種謎團。」

「謎團……喔。」湯川皺起眉頭，有點驚訝地看著藤村說：「你說這是密室之謎。」

「沒錯，就是密室。」藤村一臉嚴肅地回答後，點了點頭。

湯川再度坐上休旅車後，藤村繼續開車。開了一百公尺左右，駛入了岔路，然後又開了五十公尺，前方出現一棟小木屋式的房子。藤村把車子停在玄關前的空地。

「很氣派的別墅啊。」湯川一下車，就抬頭看著房子說。

「才不是別墅。」藤村笑著說。

「對喔，抱歉。」

「雖然當初是以別墅的名義出售。」

藤村向湯川伸出手，想要接過他手上的行李袋。雖然湯川是老朋友，身為民宿老闆，當然應該為客人拿行李，但湯川婉拒了他的好意，可能他並不認為自己是客人。

久仁子可能看到藤村停好了車，打開玄關的門走了出來。她穿著牛仔褲和毛衣，抬頭看著湯川，面帶笑容地微微點頭。

「我老婆，她叫久仁子。」藤村說。

湯川用力點了點頭說：

「我聽草薙他們說了，藤村娶了一個年輕貌美的太太，果然名不虛傳。」

藤村在臉前搖著手說：

「千萬別這麼說，她會得意忘形。雖然大家都說她年輕，但她也快三十歲了，和其他人的太太差不了幾歲。」

「等一下，你說我快三十歲，別忘了還有整整三年。」久仁子微微揚起下巴。

「一眨眼就三年了。」

「不，三年才不是一眨眼。」湯川加強語氣說，「原來你娶了二十多歲的太太，太了不起了。」

「你別這麼說我，是不是自己想找更年輕的？我聽草薙說了不少關於你的事。」

「草薙說了什麼？」湯川皺著眉頭。

「好了好了，先不說這些。」

藤村請湯川進了屋，一進門就是走廊，打開走廊上的第一道門，就是食堂兼休息室。休息室內有吧檯，後方就是廚房。

使用整根原木製作的桌子放在中央，藤村和湯川面對面坐了下來，久仁子為他們倒了咖啡。

「咖啡真好喝。」湯川喝了一口之後，露出心滿意足的笑容，「生活在這種地方真不錯。」

「也有適不適合的問題，但我很適合這裡的生活，我在東京時常感到窒息。比起和客人談生意，我覺得和住在這裡的客人聊天，更覺得自己的生命有意義。」

「能夠找到適合自己的人生最棒，也最幸福。」

「聽你這麼一說，我更有信心了。」

「只是擔心收入的問題。老實說，我完全無法估計能夠獲得多少收益，但你老家這麼有錢，應該不需要擔心這種問題。」

藤村苦笑起來。湯川說話還是這麼直言不諱。

「你想得沒錯，這裡沒賺什麼錢。雖然夏季和冬季生意好一些，其他季節的話，每個週末最多只有一、兩組客人。只不過我原本就沒打算靠經營民宿賺大錢。」

「這種生活太令人羨慕了。」

「你真的這麼想嗎？那我問你，你有辦法當民宿老闆嗎？每天一大早起床，為住宿的客人做早餐，然後開始收拾、打掃房間，還要去採買食材，有時候還要帶客人爬山健行，或是為他們安排獨木舟體驗。晚上當然還要做晚餐，冬天的時候要載客人去滑雪場，當然必須清除屋頂上的雪。怎麼樣？你也想試試嗎？」

「我當然不想，但你不是很嚮往這種生活嗎？甚至不惜放棄一流貿易公司員工的身分，我只是說，很羨慕你實現了這個夢想。」

「如果是這個意思，那我的確很幸運。」

藤村的父親善用了祖先傳下來的土地致富，留給兒子的幾棟大廈目前收入豐厚，如果沒有這些收入，藤村當然沒辦法繼續做這種為了滿足興趣的生意。

「今天有幾個客人？」湯川問。

「只有你一個人。」

「是嗎？那就請你趕快帶我去房間。」湯川放下咖啡杯站了起來。

「關於這件事，你真的打算住那個房間嗎？既然來住宿，還是挑其他房間比較好吧。」

湯川不以為意地搖了搖頭問：

「為什麼要住其他房間？那個房間完全沒有任何問題啊。」

「既然你這麼說，那就沒問題。」

「帶我去房間吧。」

「好。」藤村說完也站了起來，準備走出休息室時，和站在吧檯內的久仁子對上了眼。她不安地眨了眨眼睛，藤村輕輕點了點頭。

來到走廊最深處，正前方就是一道門。藤村打開那道門時有點遲疑，那起事件發生之後，這種感覺始終揮之不去。

房間差不多三坪大，有兩張單人床，還有一張小桌子和椅子。南側有一扇窗戶。

湯川把大衣和行李袋放在床上，走向窗戶。

「是很普通的月牙鎖。」

「是不是沒有任何異狀？」

「看起來是這樣。」

湯川打開了鎖，打開窗戶後又關了起來，然後重新鎖好。接著，他又走向門，門鎖是普通的圓筒鎖，還有門鍊。

「當時也掛著門鍊吧？」

「沒錯。」

「嗯。」湯川點了點頭，坐在床上，抱著雙臂，抬頭看著藤村說：

「那就來聽你說明那起離奇密室事件的詳細情況。」

2

「那起事件剛好是十天前發生，那天傍晚五點左右，那個客人來到這裡。就姑且稱他為A先生，就是英文字母的A。」

湯川拿出記事本的同時搖了搖頭說：

「用他的真實姓名，這樣比較不會混淆。我查了報紙的報導內容，被害人名叫原口清武，年紀是四十五歲，是某個團體的職員。」

藤村聳了聳肩，在另一張床上坐了下來。

「既然這樣，那我就全用真實姓名。我剛才也說了，原口是在下午五點左右來到這裡，辦理完入住手續之後，他就進了這個房間。雖然二樓也有房間，但他在訂房間時就提出希望住在一樓的房間。」

「理由是什麼？」

「不知道，當時是久仁子為他訂的房間，而且沒必要問理由。」

「那倒是，你繼續說下去。」

「那天除了他以外，還有兩組客人，分別是一名男子，和一對父子。晚餐時間是六點到八點，所有客人都在剛才的休息室用餐，但將近八點時，仍然不見原口的身影。我有點擔心，就來房間察看，結果發現門鎖著，我以為他睡著了，所以就敲了敲門，但沒有人回應。我又大聲叫他，還是沒有回應。這下子我有點擔心了，就拿了萬能鑰匙打開了門鎖，發現掛著門鍊。這就代表原口在房間內。既然這樣，為什麼我叫他也沒有回應？我擔心他昏倒在房間內，所以就走到外面，繞到房子的南側，因為我想也許可以從窗戶看到室內的情況。」

「結果窗戶也鎖著嗎？」

藤村聽了湯川的問題後點了點頭。

「你說對了。房間內沒有開燈，窗簾也拉著，看不到室內的情況。於是我就回到休息室，決定再等他一下。沒想到他遲遲沒有現身，我終於忍不住再次來到房間，但即使叫他也沒有反應。於是我又和剛才一樣，用萬能鑰匙開了門，這次聽到了人的動靜，好像有人在床上翻身。於是我就放了心，回到休息室。雖然規定晚餐時間到八點，但我不會太嚴格，所以打算等他起床。快九點的時候，在外面放煙火的父子回來，說原口的房間窗戶開著。我慌忙前往察看，發現窗戶果然開著，但原口並不在房間內。」藤村看向窗戶。

「室內有沒有和之前不一樣的地方？」

「我倒是沒發現，地上有一個小行李袋。以常識判斷，就是原口從窗戶離開了房間，不知道去了哪裡。於是我就在附近尋找，這裡是深山，周圍一片漆黑。我等了一個小時，原口仍然沒有回來，於是我就只好報了警。警察天一亮就和我一起找，然後就發現原口跌落在剛才告訴你的地方。」

「原來是這樣。警方的看法如何？報導中提到，很可能是意外或是自殺。」

「警方也沒有告訴我詳細的情況，所以我也不是很清楚，但他們似乎認為很可能是自殺。原口似乎欠了一屁股債。而且他一個人來這種地方旅行就很奇怪，他訂房間時要求住一樓的房間，可能也是打算從窗戶離開。」

「警方沒有想到他被捲入什麼事件的可能性嗎？」

「不可能完全沒有想到，但應該判斷可能性很低。會有人為了殺原口，不為人知地來到這種深山裡，在殺了原口之後，又神不知鬼不覺地離開？這種情況應該不太可能。」

「這棟房子周圍也有其他別墅嗎？」

「雖然有，但幾乎都沒有人住，只有管理公司的人不時來一下而已，事件發生的當天也一樣。」

「所以只有這家民宿有人嗎？」

「沒錯，而且其他客人都一直和我們在一起，所以不可能是他殺。」

「原來是這樣。」湯川看著寫在記事本上的內容後偏著頭，「我可以再問一個問題嗎？是很重要的問題。」

「請說。」

「聽你剛才說明的情況，我完全不認為有什麼好奇怪的。這個房間的確有一段時間屬於密室狀態，但因為房間內有人，所以一點都不奇怪。然後那個人從窗戶走了出去，又因為某種原因墜落了谷底——不就是這樣而已嗎？」

藤村低吟了一聲。湯川的話很有道理，警方也作出了相同的判斷。

「有一件事令我感到不解。」

「什麼事？」

「我第二次來房間時，裡面的確有人，但第一次來察看時，我並不覺得房間內有人。」

「為什麼？」

「因為沒有開暖氣。」

「暖氣？」

「那天特別冷，即使躺在床上，客人也都會開暖氣，但我第一次打開門的時候，感覺到房間內飄出冷颼颼的空氣，空調的暖氣並沒有開。第二次開門時，裡面開了暖氣，所以我覺得第一次來的時候，房間內並沒有人。」

湯川注視藤村的臉之後，用指尖推了推眼鏡中央。

「你有沒有告訴警察……？」

「沒有。」

「為什麼？」

「因為很難說明。由於我已經向警方證實，這個房間從內側鎖住了，如果又說我覺得房間裡沒有人，警察一定覺得我腦筋有問題。」

「應該不至於，但可能會覺得你產生了錯覺，搞不好會不採信你所有的證詞。」

「對不對？我可不希望這樣，所以我不能告訴警察目前的狀況。」

「所以你找了草薙，也難怪他會推給我，他就連密室殺人也不願意自己動腦筋，根本不想理會不是殺人命案，而且也不知道是不是密室的問題。」

「我知道我拜託你的這件事很麻煩，但除了你以外，我找不到其他人可以幫忙。我一直對自己說，別再去想這件事，但還是忍不住耿耿於懷，雖然很可能只是我的心理作用。」

湯川輕輕笑了笑，闔起了記事本。

「我瞭解了，我會在悠閒欣賞山野風光時思考一下。這一陣子忙著為論文收尾，正打算找時間放鬆一下。」

「如果是這樣，那就太好了。反正沒有其他客人，你可以盡情放鬆一下，只是很抱歉，這裡沒有溫泉，但你可以好好品嚐我使出看家本領做的菜。」藤村站了起來，「另外，我要拜託你一件事。」

「什麼事？」

「不要告訴久仁子，我為這件事找你。我跟她說，你得知我辭了工作，覺得很擔心，所以才來這裡看我。」

湯川露出難以釋懷的表情，但立刻點了點頭說：

「既然你認為這樣比較好，我當然無所謂。」

「不好意思，那就拜託了。」藤村在臉前擺著手表達歉意。

3

藤村把湯川留在房間，自己回到了休息室。繫著圍裙的久仁子從廚房內走了出來。

「湯川先生真的要住在那個房間嗎？」

「妳也聽到了，是他主動要求，說住在一樓比較安心。我當然把之前發生的事告訴了他，他是徹頭徹尾的科學家，根本不在意住在自殺的人住過的房間，但這對我們來說是一件好事，因為今後不可能一直不使用那個房間。」

「雖然是這樣，」久仁子用手指捏著圍裙的裙襬，「他是你以前羽球社的朋友吧？」

「大學的，他是羽球社的王牌。」

「你們最近不是很少見面嗎？他為什麼突然想到來這裡？」

「我不是說了嗎？他從別人口中得知我的情況，手上的工作剛好告一段落，所以來放鬆的同時，關心一下這裡的經營狀況。」

「是喔……他人真好。」

「他這個人好奇心很強，總之，妳不必太操心，我要讓他吃到我們的菜驚為天人，因為他一定覺得我們只會做一些家常小菜而已。」

久仁子面帶微笑點了點頭，她的視線看向藤村身後。藤村回頭一看，發現湯川站在門口，身上穿著準備去爬山的防寒衣物。

「我去周圍散步。」

「要不要為你帶路？」

「我先自己隨便走走。」

「是嗎？記得太陽下山之前要回來，因為這裡沒有路燈。」

「我知道。」湯川向久仁子行了一禮，走向玄關。

「我也要去採買。」藤村對久仁子說，「葡萄酒喝完了，他的酒量很不錯。」

「那家店有高級葡萄酒嗎？」

「不需要高級葡萄酒，雖然他對吃的方面很有研究，其實根本吃不出好壞。」藤村穿起上衣，拿起了車鑰匙。

藤村開車下了山，在平時採買食材的超市買完菜，就直接回到了民宿。他雙手拎著塑膠袋走進休息室，發現湯川正坐在吧檯前喝咖啡，低頭洗碗的久仁子抬起頭，臉上露出了不悅的表情。

「回來啦。」湯川向他打招呼。

「散步怎麼樣？」藤村問。

「很舒暢，空氣的味道也不一樣，我能夠理解你為什麼想長住在這裡了。」

「只要你喜歡，在這裡住一、兩個星期都沒問題。」

「我也很想這麼做，但還是要回去做研究。」湯川喝完了杯中的咖啡，把杯子放在桌子上，對久仁子說：「謝謝招待。」然後走出了休息室。

「妳剛才和湯川聊了些什麼？」藤村問久仁子。

「他問了我有關那起事件。」久仁子說話的聲音有點尖。

藤村察覺到自己的臉頰在抽搐。

「他問什麼？」

「他追根究柢地問了那天的事，還問我其他客人是怎樣的人。」
「妳也告訴他其他客人的事嗎？」
「我總不能說謊吧？他為什麼會問那起事件？是你告訴他的嗎？」
「我什麼都沒告訴他，我不是跟妳說了嗎？他這個人好奇心很強，所以應該得知那起事件之後就產生了興趣。」
「真的只是這樣而已嗎？」
「不然還能有什麼？妳不必放在心上。」藤村露出笑容，把手上的塑膠袋放在吧檯上，「我買了葡萄酒和可以做開胃菜的食材。」
「辛苦了。」久仁子的嘴角露出了笑容，拿起塑膠袋走進廚房。
藤村脫下上衣，來到走廊上，走到走廊最深處的房間前敲了敲門。「來了。」聽到應答之後，門打開了，湯川站在那裡。
「你是不是問了久仁子有關事件的情況？」藤村一走進房間，劈頭就問。
「不行嗎？我並沒有告訴她，你和我討論密室的事。」
「你為什麼去問她？如果有什麼不瞭解的狀況，問我不是就好了嗎？」
「因為你出門了啊，而且盡可能向不同的人瞭解情況，有助於掌握客觀的資訊，只聽一個人說明情況，可能會帶有誤會或是成見。」
「即使是這樣，也沒必要打聽其他客人的事吧？我想要你協助調查的是在房門從內側鎖住的情況下，是否有方法可以從這個房間出入，也就是單純的物理詭計，不必在意那天有誰投宿。」

湯川驚訝地皺起眉頭，站在窗邊看著藤村。

「草薙在你面前是怎麼形容我的，你才決定和我討論這件事？」

「怎麼說……他說你是天才，能夠運用專業知識解開匪夷所思的謎團。」

「專業知識嗎？很多案子的確需要物理知識，但幾乎沒有任何一個謎團只靠物理知識就能夠解決。姑且不論自然現象，要解開人為創造的謎團，就必須瞭解人。對我來說，案發當天晚上，哪些人住在這裡是一件極其重要的事。」

「住宿的客人是和事件無關的人。」

「有沒有關係不是由你決定，」湯川冷冷地說：「而且你並沒有告訴我實情。」

「有嗎？」

「你說另外還有兩組客人，一個是男客，還有一對父子，但事實並非如此。那對父子是客人，但單獨來的男客是你們的親戚，是你的妻舅，聽說叫祐介。」

藤村皺著眉頭，嘆著氣說：

「這有什麼問題嗎？不管是不是親戚，都是住在這家民宿的客人。」

「並非如此，經營者的家人住在這裡是很重要的消息。」

「我妻舅和事件無關，我可以保證。」

「我剛才不是說了嗎？這件事不是由你來決定。」

「你聽我說，那天我妻舅來的時候，原口就已經回房間了，之後到發現原口的屍體為止，我妻舅就一直和我們在一起，無論怎麼想，都應該和他無關。」

湯川露出銳利的眼神，目不轉睛地看著藤村，藤村轉過頭。

「我無意隱瞞，否則我一開始就不會和你討論這件事，只是可不可以請你不要去問久仁子？投宿在這裡的客人離奇死亡這件事，已經讓她承受了很大的打擊。」

「我會注意。」

「拜託了。」藤村沒有看湯川一眼，就走出了房間。

4

六點開始吃晚餐。藤村和久仁子接連把為這一天準備的菜餚端上了桌子。今天的菜餚以義式蔬菜料理為中心，藤村和久仁子都對自己的廚藝很有自信。

「太驚訝了，沒想到燉蔬菜和葡萄酒竟然這麼搭。」湯川喝著葡萄酒說道。

「是不是？日本人還是最愛蔬菜。」

「藤村，你的廚藝太令人折服了，你以前就這麼會做菜嗎？」

「因為我一個人生活很久，對下廚有興趣，然後就開始自己做菜。」

「原來是這樣。對了，我還沒聽過你們的愛情故事呢。」湯川看了看藤村，又看了看久仁子。

「沒什麼值得一提的故事。她在上野的酒店上班，然後我去了那家店，就這樣而已。」

「妳娘家也在東京嗎？」

「呃……不是。」久仁子垂下眼睛，然後看著湯川說：「我在八王子長大，和弟弟一起在八王子的一家育幼院長大。」

「啊！」湯川小聲叫了一聲之後笑了笑，點著頭說：「原來是這樣。」

「她家被土石流沖毀，她的父母也喪生了。久仁子和她弟弟睡在不同的房間，所以才活了下來。」

「那……真是太可憐了。」

「這是天災，也是無可奈何的事。對了，湯川先生，你不結婚嗎？」久仁子問，她臉上的表情稍微放鬆了些。

「遲遲等不到緣分。」湯川露齒而笑。

「他以前就經常說，不知道是早結婚後悔的人比較多，還是晚結婚後悔的人比較多。可是我說湯川啊，你現在可別再說風涼話了，即使你現在馬上結婚，也已經算是晚婚族了。」

「即使你這麼說，我根本沒有可以結婚的對象，所以急也沒用。而且我最近開始在意新的命題，到底是結了婚後悔的人比較多，還是不結婚後悔的人比較多。」

「你已經無藥可救了。」

藤村脫口說道，久仁子和湯川都笑了起來。

之後，他們聊起了大學時代的往事，氣氛很熱烈。藤村因為喝了酒的關係，今天也特別健談。

當湯川問久仁子關於她弟弟的情況時，和諧的氣氛頓時繃緊。湯川問久仁子，她弟弟目前在哪裡，做什麼工作。

「祐介從去年開始在這裡的觀光協會工作。」久仁子說，她的笑容有點不自然。「因為東京的物價很高，即使他靠打工過日子，也看不到未來，所以就問他要不要乾脆來這裡，幸好有人為他安排了工作。」

「那真是太好了。他在觀光協會做什麼工作？」

「不久之後要建一座新的美術館，好像在做相關的籌備工作。」

「聽說是一座劃時代的美術館。」藤村說，「展示品在國內首屈一指，但空間不到普通美術館的三分之一，真不知道是怎麼做到的，而且安全防護做得滴水不漏。」

「希望可以成功，如果可以成為觀光亮點，這家民宿的生意也會好起來。」

「我倒是沒抱這種期待。」藤村露出苦笑說。

晚餐過後，藤村和久仁子在收拾碗盤時，湯川開始翻閱休息室角落的留言簿，住宿的客人可以自由留言表達感想。

「上面有寫什麼有趣的事嗎？」藤村走過來問。

「那起事件是不是在十一月十日發生？這個長澤幸大是那對父子的兒子嗎？」湯川遞上攤開的留言簿。

藤村看著留言簿，上面寫了以下的內容。

「我覺得很開心，這裡的飯也都超好吃，浴室很乾淨，泡澡的時候，身上有很多小氣泡，太舒服了，我下次還要再來。長澤幸大」

藤村點了點頭。

「對，我記得他好像讀小學四年級，很乖巧的孩子。」

「他父親是做什麼的？為什麼父子兩個人來這裡投宿？」

湯川一口氣問道，藤村忍不住露出不耐煩的表情。

「我不知道他父親的職業，應該是普通的上班族。他們父子來這裡是為了溪釣。湯川，你問這種事到底有什麼意義？」

「我不知道有沒有意義，之前是你對我說，如果想知道什麼就直接問你。」

「雖然是這樣……」

「你可以陪我一下嗎？我想出去外面。」

「這麼晚要出去外面？」藤村瞪大了眼睛。

「現在剛好八點。你那天差不多也是這個時候去原口的房間察看吧？我希望在相同的狀況下確認。」

「好，那我陪你去。」

他們一起走去玄關。藤村拿著手電筒，開門走了出去。湯川跟在他身後。

「我聽你太太說，當時去確認房間是密室狀態的並不是只有你一個人。」湯川說。

「我妻舅和我一起去看，就像我們現在一樣。」

「為什麼祐介也和你一起去看？」

「沒有特別的理由，他說想一起去，所以就讓他陪我一起去了。」

「這樣啊。」

「你對一些細節也都很在意。」

「否則就無法做研究工作。」

他們繞到房子的南側，湯川住的房間沒有洩出燈光，如果沒有手電筒，連走路都有困難。

「案發當天晚上，也是像這樣的狀況嗎？」湯川問。

「對。」

「然後你用手電筒照了月牙鎖。」

「對，就像這樣。」藤村用手電筒照了窗戶玻璃的內側。和那天晚上一樣，他看到了月牙鎖，目前也鎖著。

「為了謹慎起見，我再問一次，真的是鎖著的嗎？會不會看錯了？」湯川問。

藤村搖了搖頭說：

「不可能，我和妻舅兩個人都看到了。」

「是嗎？」

「這下滿意了嗎？」

「我瞭解狀況了。」

「那我們進去吧，身體都快凍僵了。」

回到屋內，藤村鎖上了玄關的門，這時，湯川拿起了手電筒。

「手電筒怎麼了嗎？這是很普通的手電筒。」

「你們去看窗戶鎖時，是誰拿手電筒？是你，還是你的妻舅？」

「我妻舅……怎麼了嗎？」

「沒事，我只是問問而已。」湯川說完，把手電筒放回了原位。

「浴室在去你房間的途中，最好在十一點之前去泡澡，很抱歉，只是普通的家庭浴室。」

「沒關係。」湯川露出沉思的表情，「案發當天晚上，住宿的客人幾點泡澡？看剛才的留言簿，長澤幸大似乎去泡了澡。」

「這件事有什麼問題嗎？」

「你白天的時候對我說，住宿的客人一直都和你在一起，所以不可能是他殺，難道不是嗎？」

「我的確這麼說過……」

「你應該沒有去浴室確認吧？兇手有可能從浴室的窗戶溜出去。」

「等一下。」

「我知道你想說什麼，我只是想瞭解正確的資訊。」

藤村抬頭看著天花板，搖了搖頭。

「湯川，很抱歉，特地請你來這裡，真的很不好意思。我向你道歉，你可不可以當我沒說這件事？」

湯川困惑地眨了眨眼問：「這是什麼意思？」

「我想太多了，我認為那並不是密室。聽你說了很多之後，我漸漸有這種感覺，所以，不必再調查了。」

「房間內果然有人嗎？」

「我認為應該是這樣，不好意思，浪費了你的時間。」藤村鞠了一躬。

「既然你認為沒問題，我就無所謂。」

「我認為沒問題，我想太多了。」

「是嗎？那請你再回答我最後一個問題，住宿的客人幾點去泡澡？」

藤村聽了湯川的問題，察覺到自己的臉色變得凝重。

「我不是說了，這件事不必再查了嗎？」

「我只是基於好奇想知道，還是說，有什麼難言之隱嗎？」

藤村用力深呼吸。

「警方問了好幾次，所以我對那天晚上的事記得很清楚。在確認原口房間的門鎖著之後，我的妻舅先去泡了澡，但最多只有十分鐘左右。妻舅泡完澡之後，長澤父子去泡澡。我記得他們泡了三十分鐘左右，浴室一直傳來他們說話的聲音。有客人入住時，我和久仁子都不會泡澡，只會在早上沖澡而已。另外提供你參考，從這裡到原口墜落的現場來回要二十分鐘，這樣你滿意了嗎？」

湯川舉起手，指尖好像在半空中寫著什麼。

「你說的這些情況千真萬確嗎？」

「千真萬確，我也對警方這麼說。」

「我瞭解了，那我去好好泡個澡。」湯川說完，在走廊上邁開了步伐。

5

隔天早晨，湯川靜靜地吃完為他準備的早餐後，在九點的時候做好了出發的準備，走進了休息室。雖然藤村說不收他的住宿費，但他笑著拿出皮夾說：

「我好久沒有這麼放鬆了，又吃到了這麼美味的餐點。我是心甘情願地付錢，請你收下，而且不能打折。」

藤村聳了聳肩。他從學生時代就瞭解湯川的頑固。

和來的時候一樣，藤村開著休旅車送湯川去車站。

「這次真的很抱歉。」藤村在湯川下車前說。

「你不需要向我道歉，我改天再來。」

「一言為定。」

湯川下了車，走向車站。藤村確認他的身影消失之後，才把車子開了出去。

那天晚上。

藤村和久仁子正在吃晚餐，接到了祐介的電話。

「昨天是不是有一個姓湯川的住在你們那裡？」祐介的聲音很開朗。

「你怎麼會知道？」

「湯川先生今天來我們辦公室，起初我嚇了一大跳，不明白帝都大的老師為什麼會來這裡，後來聽說是姊夫的同學，才終於恍然大悟。」

「他去找你嗎？」

「應該說，他想瞭解美術館的情況，我向他說明了。雖然我有點語無倫次，但他好像聽懂了，不愧是物理學的老師。」

「除此以外，他還和你聊了些什麼？」

「沒有聊什麼，他鼓勵我，叫我好好努力。」

「是嗎？」

「他說他很快會再來，到時候可不可以告訴我一聲？我還想和他聊一聊。」

「好，我一定會通知你。」

掛上電話後，藤村向在一旁滿臉不安的久仁子轉述了和祐介的對話內容。因為他覺得即使掩飾，久仁子早晚會知道。

「湯川先生為什麼去找祐介？」她的眉頭鎖得更緊了。

「可能因為電車班次的關係剛好有時間，祐介也說了，他們並沒有聊什麼。」

「這樣啊。」久仁子點了點頭，但仍然愁眉不展。

吃完飯，在收拾碗筷時，久仁子仍然很少說話，不時停下手，似乎心事重重。藤村雖然察覺了妻子的狀況，但還是假裝沒看到。

收拾完畢後，他從架子上拿下一瓶威士忌。

「睡覺前要不要喝一杯？」他刻意用開朗的聲音問。

「嗯……今天晚上不喝。」久仁子輕輕搖了搖頭。

「真難得啊，妳平時不是常說，睡前不喝點酒很難入睡嗎？」

「今天很累，應該很快就可以睡著，你慢慢喝。」

「好，那就晚安了。」

「晚安。」

久仁子離開後，藤村從廚房拿了杯子和冰塊，喝著威士忌純酒。當他搖晃杯子時，冰塊發出了清脆的聲音。這個聲音把藤村的思緒帶到三年前，他認識久仁子的時候。

久仁子在那家酒店內並不是引人注目的小姐。如果找她說話，她有問必答，但她不是那種擅長炒熱氣氛的人。她最大的優點，就是會主動照顧那些無法融入氣氛的客人。藤村以前除了應酬之外，向來不會去那種店，但在認識久仁子之後，私下也會去那裡。

當他們約在酒店外見面之後，兩個人的感情進展迅速。在第三次上床後，他向久仁子求婚。

藤村原本以為久仁子不可能拒絕，沒想到她的回覆令人失望。她的回答不像是時下年輕女生會說的話。

我高攀不上。

「你不可以對向我這種女生說這種話，我們的身分太懸殊了。我覺得現在這樣也很好，只要能夠像現在這樣不時見面就夠了。」

那一次，她才向藤村坦承了自己的境遇。因為她之前都聲稱「我在平凡的家庭長大，但父母最近相繼去世」。

藤村當然不答應。他認為成長的環境並不重要，更認為彼此的身分根本沒有差異。

但是，久仁子的意志很堅定，她說一旦結了婚，會給藤村帶來不幸。

直到藤村提出「我想帶妳離開東京，一起去山上經營民宿」，久仁子才終於改變了態度。她之前對結婚完全沒有興趣，第一次對藤村說：「感覺很不錯。」

藤村不顧周圍人的反對，決定要開這家民宿。他向來屬於戶外派，也有很多人脈關係，所以事情進展順利。

原本對結婚一事感到遲疑的久仁子也終於點頭答應。他們一起搬來山上兩年，她任勞任怨，從來沒有任何不滿，還說希望一輩子都住在這裡。

藤村覺得把祐介找來這裡也是正確的決定。祐介很尊敬他，把他當成親哥哥，每次喝醉酒就說：「姊夫真的是恩人，是我們姊弟兩人的恩人。」

原本一切都很順利——藤村把杯子放在桌上，融化的冰塊發出了清脆的聲音。

6

手機接到湯川打來的電話時，藤村正在民宿旁拔草。他看到來電顯示的號碼，不祥的預兆掠過心頭。

「我今天晚上可以去你那裡嗎？」湯川問。

「來這裡當然沒問題，但有什麼事嗎？」

「我要給你看一樣東西。」

「什麼東西？」

「俗話不是說，百聞不如一見嗎？很難在電話中說清楚。」

「你不要故弄玄虛，那我去找你，這樣也沒問題吧？」

「不，那倒是不用，我去你那裡吧，否則就失去了意義。」

「到底是怎麼回事？」

「我不是說了，百聞不如一見嗎？我七點到，和你聊完之後就馬上離開，不必為我準備晚餐，也不需要你接送，那就一會兒見。」

藤村還來不及叫他等一下，湯川已經掛上了電話。

接到湯川的電話後，藤村完全無法做任何事，在休息室看著時鐘。他原本打算記帳，卻遲遲靜不下心。

七點零五分時，聽到了汽車的引擎聲。藤村走到門外一看，一輛計程車停了下來，身穿大衣的湯川走下計程車。那輛計程車熄了火，湯川似乎請計程車等在那裡。

「不好意思，突然來打擾。」湯川說。

「我完全不知道你在想什麼。」

「是嗎？我覺得你應該心裡有數了。」

「什麼意思？」

「先進去再說。」湯川走向玄關。

他們走進休息室，藤村為他倒了咖啡。

「你太太呢？」湯川問。

「她出門了，九點之後才會回來。」

藤村並沒有告訴久仁子湯川要來的事，他找了理由讓久仁子出門，不希望他們見面。

「是嗎？那我可以借用一下廁所嗎？」

「請便。」

藤村把咖啡倒進兩個杯子後端去桌上，這時，放在吧檯上的手機響了。一看來電顯示，竟然是湯川打來的。

「是我。」

「我知道，你在廁所裡幹什麼？」

「我不在廁所，你來上次那個房間。」

「啊？」

「我在這裡等你。」湯川說完，掛上了電話。

藤村走出休息室，納悶地沿著走廊來到最後的房間敲了敲門，但沒有人應答。他轉動門把，門沒有鎖，但掛著門鍊。

他不由得一驚。和當時的情況一樣。

「湯川。」他叫了一聲，但沒有人應答。

藤村倒吸了一口氣，轉身走去玄關，拿著手電筒衝到門外，然後快步繞到屋後。

他用手電筒照向窗戶，看到了月牙鎖，月牙鎖鎖得好好的。

「當時也是這種情況吧？」背後傳來了聲音。

藤村轉過頭，湯川露出平靜的笑容站在那裡。

「你怎麼走出來的？」

「這是很簡單的詭計，但在說明之前，我想先問一下你的想法，聽聽你內心的真實想法。」

「你覺得我說了什麼謊？」

「也許你並沒有說謊，但應該隱瞞了什麼吧？」

藤村搖了搖頭說：

「我完全不知道你在說什麼。」

湯川為難地皺起了眉頭，垂頭喪氣地嘆了一口氣。

「算了，那我就來說說我的推理。如果你想要反駁，等我說完之後再說。」

「好，那我就洗耳恭聽。」

「首先我要指出一件事，就是你的態度從一開始就很不自然。按照正常的理解，那根本不是密室，你卻主張可能是密室，然後要我推理。我認為的確不能小看人的直覺，如果房門從裡面鎖住，又覺得房間內沒有人的動靜，你一定會覺得心裡發毛。但是，即使這樣，也沒有影響到任何人，所以照理說應該不至於特地找老同學來解決這種問題。然而，你卻很在意這個問題，到底是為什麼？於是我認為，你可能有明確的理由認為那是密室，只不過無法把這個理由告訴別人，對不對？」

湯川突然這麼問，藤村感到不知所措，乾咳了幾聲。他感到口乾舌燥。

「雖然我有話要說，但等一下再說，你先繼續。」

湯川點了點頭，繼續說了下去。

「你認為那個房間是密室的理由到底是什麼？我雖然無法瞭解這件事，但還是決定先分析到底是什麼詭計，沒想到你再次做出了匪夷所思的行為。你原本要我解開密室之謎，卻不願意告訴我事件的詳細情況。於是我恍然大悟，這起事件有隱情，並不是單純的自殺或意外，而是謀殺，你發現了這件事，卻不能告訴警察。我猜到了其中的原因，只不過還是不要說出來比較好。」

「既然都已經說到這種程度了，就沒必要有什麼顧慮了。」藤村說，「你是不是想要說，我不希望自己的家人變成殺人兇手，是不是？」

「我認為這是最合理的答案。」湯川繼續說，「原口是不是祐介殺的？」

7

「你的結論還跳得真快啊。」藤村說，他的聲音微微發抖。

「會嗎？至少你是這麼認為。」

「你連我腦袋裡在想什麼都知道嗎？」

「如果不是這樣，就無法解釋你的言行。你基於某種原因，懷疑祐介可能是兇手，但有一個問題，那就是你比任何人更清楚，祐介有不在場證明。因為他抵達民宿時，原口的房間已經是密室狀態。之後，祐介除了洗澡的十分鐘以外，一直和其他人在一起。警方相信了這些證詞，認為這並不是一起兇殺案，你卻無法完全相信，於是就找我討論這件事。只不過你誤判了一件事。因為你以為只要解開物理上的詭計，不需要告訴我事件的詳細情況，沒想到我向你太太打聽了很多事，甚至問了祐介的事，所以你慌了手腳，告訴我說，不必再破解密室之謎了。因為你猜想我可能會拆穿一切。」

藤村感覺到自己的心跳加速。

「那件事又該怎麼解釋呢？我曾經告訴你，當我第二次去房間察看時，發現房間內有人的動靜。」

「那是你杜撰的。那是你預先佈的局，即使我拆穿了密室的詭計，你也可以否認謀殺的可能性。對不對？」

藤村注視著湯川端正的臉，這位物理學家老同學鎮定得令人生氣。

「我充分瞭解你是一個想像力豐富的人，那你可以開始解開謎團了嗎？不要再故弄玄虛了。」

「你對我剛才的推理都沒有意見嗎？」

「多到數不清，一時沒辦法整理，所以等你全部說完再說。」

「好。」湯川說完，走向窗戶。「事件發生的當天，原口進房間之後從窗戶離開了。他應該和別人約了見面，很可能是因為對方的指示，只要說不希望被別人看到他們見面就好，所以他從窗戶離開。約定見面的地點應該就是墜落的現場。雖然不知道兇手是先埋伏在那裡，還是晚到之後趁其不備下手，總之，因為原口並沒有提高警覺，所以把他推下山谷並不是一件太困難的事。」

「等一下，所以兇手——」藤村吞著口水後繼續說了下去，「所以祐介在來這裡之前就殺了原口嗎?」

「這是唯一的可能,之後,他來到這裡,從窗戶進入房間,鎖上門,掛上門鍊,又再動了一下手腳之後,再從窗戶離開。」

「動了一下手腳?」

「並不是什麼大費周章的事,只是把事先準備的照片貼在月牙鎖上。」

「照片?」

「月牙鎖看起來是鎖著的狀態,但那其實是照片。」

「別開玩笑了。」藤村用手電筒照著窗戶的月牙鎖,當光線移動時,月牙鎖的影子也跟著移動,「這哪裡是照片?」

「那你可以打開窗戶確認一下。」

「窗戶鎖著啊——」藤村在說話的同時把窗戶向旁邊一拉,窗戶輕而易舉地打開了。藤村啞然失色,再度用手電筒照向月牙鎖,月牙鎖仍然顯示是鎖著的狀態。

這是怎麼回事?他正想這麼問的時候,終於發現了自己看到的東西。

那是照片。他以為是月牙鎖的東西,其實是比真正的月牙鎖大一號的照片,只不過並不是普通的照片。

「這是全像照片,」湯川說,「也就是所謂的立體照片,可以用3D的方式記錄影像。你以前沒看過嗎?」

藤村撕下照片,用手電筒從不同的角度照在照片上,發現角度不同時,影像會變得模糊，顏色也會發生變化。

「這種東西、是哪來的……？」

「我今天在大學實驗室做的，全像照片有很多種，我今天使用的是李普曼的堆疊立體攝影方式。普通的全像照片必須用雷射光才能重現，但這種方式的話，即使是普通的手電筒光線，也可以看到清晰的立體像。」

「你認為祐介也製作了相同的東西嗎？」

「他製作起來應該比我更簡單，因為他有完善的設備。」

「什麼意思？」

「你不是向我提了美術館的事嗎？說展示品雖然在國內首屈一指，但空間只有普通美術館的三分之一，而且安全防護做得滴水不漏。當時聽你說的時候，我就猜想會不會使用了全像照片，因為用全像照片展示珍貴美術品的方式在最近受到矚目，因為是照片，所以不佔空間，而且也不必擔心失竊的問題。因為能夠以假亂真，客人也不會感到不滿，總之就是有很多好處。於是我就去找了祐介，向他瞭解了詳細的情況，他也很親切地告訴了我。這個年輕人感覺很不錯，他應該作夢都不會想到，我正在破解密室之謎。這麼一想，我就感到很難過。」

藤村再度看著手上的全像照片。即使明知道是照片，仍然會產生錯覺，以為是月牙鎖。

「只要具備幾個條件，就可以讓照片看起來更逼真。重要的是，光線不能太亮，最理想的情況就是在漆黑中用手電筒照亮，而且，光的角度也很重要，所以祐介才會拿手電筒。」

「……原來是這樣。」

「當時窗戶打不開，我猜想可能用什麼木棒頂住了軌道，如此一來，就完成了密室。」

「但是，之後看到這扇窗戶打開了，那又是……？」藤村說到一半，似乎自己想到了答案，「難道是祐介洗澡的那十分鐘嗎？」

「他從浴室的窗戶出去，把木棒移開，把全像照片收了回來。十分鐘做這幾件事綽綽有餘，但他沒有時間泡澡，應該只有淋浴而已。」

「你為什麼連這個都知道？」

「因為那天晚上住在這裡的長澤幸大不是在留言簿中提到，泡澡的時候，有很多小氣泡黏在身上很舒服嗎？這是因為水裡面有空氣的關係，水溫越低，空氣量越多。這個季節的水很冷，所以水裡含有大量空氣，但是，當水沸騰之後，水裡的空氣就會變成氣泡排出來。這稱為過飽和。泡澡的時候，身上有許多小氣泡是因為之前勉強留在水裡的空氣受到刺激後，一下子冒出來的緣故。看留言的時候我並沒有多想，但之後聽了你說的話，就覺得很奇怪。因為如果祐介比長澤幸大更早泡澡，長澤幸大泡澡的時候應該就不會發生過飽和狀態，照理說不可能有這麼多氣泡。」

藤村聽著湯川淡淡說明的聲音，嘴角忍不住揚了起來。他在嘲笑自己，因為他發現自己原本只希望湯川解開密室之謎是大錯特錯。

「你要反駁嗎？」湯川問。

藤村搖了搖頭。他覺得身心都很沉重，連搖頭都覺得很疲憊。

「簡直無懈可擊，完全敗給你了，我沒想到你能夠分析得這麼透徹。」

「我有言在先，我完全沒有任何證據，你也可以認為全都是我的幻想。」

「不，你的推理應該正確，現在我終於確信了，我會勸他們去自首。」

「他們……你太太和祐介嗎？」

藤村點了點頭說：

「我剛好聽到他們在電話中討論這件事，但其實我只聽到久仁子說：『原口說，他要來這裡，你說該怎麼辦？』我聽到這句話，就立刻知道是怎麼一回事了。我知道這個姓原口的人是久仁子以前的客人，而且來這裡絕對不是什麼好事。」

「她以前的客人？是在上野那家酒店的客人嗎？」

「不是，久仁子年輕時曾經和好幾個男人交往，從他們那裡拿錢。說白了，就是在賣身。無依無靠的年輕女生必須養活年幼的弟弟，不難想像她根本沒有選擇。我說的以前的客人，就是那個時候的客人，但久仁子以為我並不知道這些事。」

「那你為什麼會知道？」

「這個世界最不缺八卦的人，久仁子在酒店上班時的同事偷偷告訴我，我也是從那個坐檯小姐口中得知，有幾個男人在糾纏久仁子。」

「你辭去工作，遠離東京該不會是因為……？」

「久仁子是因為擔心會給我添麻煩，所以遲遲無法下定決心和我結婚，於是我想到，如果離開東京，她應該就放心了。話說回來，經營民宿是我一直以來的夢想。」

湯川露出鬱悶的表情低下了頭。

「當原口從房間內消失後，我直覺地認為是他們兩個人殺了他。雖然我曾經打算告訴警察，但最後還是無法做到。我希望他們自首，而且我內心也抱著一絲僥倖。」

「就是密室的問題。」

「沒錯，密室成為祐介的不在場證明，我成為證人。老實說，我很煩惱，不知道該如何看待這個事實。現在終於真相大白，沒有任何猶豫了，他們姊弟就是兇手。」

「他們為什麼要這麼做？」

「我想原口應該恐嚇久仁子，向她勒索錢，否則就要揭露她以前的事。我不是告訴過你，原口欠了一屁股債嗎？也許以前也曾經多次勒索。」

湯川痛苦地皺著眉頭。

「完全有可能，我能夠理解這樣的行兇動機。」

「但還是不應該殺人。」藤村語氣堅定地說，「我要這麼告訴他們，而且我打算告訴他們，我會等他們服完刑出獄。」

湯川緊抿著雙唇，點了一下頭，然後看著手錶說：

「我差不多該走了。」

「這樣啊……」

他們一起走到計程車旁，湯川坐在後車座，隔著車窗抬頭看著藤村說：

「我還會再來，下次也會邀草薙一起來。」

「兩個男人一起來真沒搞頭。」

「草薙手下有一個個性剛烈的女刑警，我會試著邀她一起來。」

「真讓人期待啊。」

「那我先走了。」湯川關上了車窗。

藤村目送計程車離去，確認車尾燈消失在黑暗之中後走進屋內。

他走去廚房，從架子上拿出紅酒的酒瓶。那是久仁子喜愛的葡萄酒品牌，他把酒瓶和兩個杯子放在托盤上端回休息室，用開瓶器拔掉軟木塞，在其中一個杯子裡倒了酒。

這時，他聽到了車子的引擎聲。久仁子開著休旅車回家了。

藤村在另一個杯子裡也倒了酒。

第四章

／

指標

1

葉月接到電話時，就大致猜到了堀部浩介的目的，所以她其實也可以先回答，但最後還是忍住了。因為萬一猜錯了，自己就會像傻瓜一樣，而且她不認為「那個」會對假設性的問題有正確的答案。

堀部指定在車站旁的速食店見面。雖然葉月覺得如果要說話，去公園的長椅就可以解決問題，只不過她並不會把這種話說出口。他們約定四點見面後，就掛上了電話。

她在離四點還有五分鐘時來到車站，走進一家便利商店假裝翻雜誌，那裡可以清楚看到他們相約見面的速食店。

不一會兒就看到了堀部浩介。他瘦瘦高高，有點駝背，但葉月很喜歡他走路時步伐有點疲累的身影。雖然他平時看起來吊兒郎當，比賽時卻像注入一股活力般精力充沛——也許是這種落差吸引了她。堀部比葉月大一屆，是足球隊隊員，她則是足球隊的幹事。堀部不久之前才剛參加完中學的畢業典禮。

葉月在他走進速食店五分鐘後才走出便利商店，走去速食店。

堀部正在窗邊的座位喝冰歐蕾咖啡。葉月走過去時，他露出了靦腆的笑容。

「妳不用喝點什麼嗎？」他看到葉月坐下來時問。

「我現在不渴。」

她當然不會說這樣太浪費錢了，而且她故意比堀部晚進來，這樣就可以不必點飲料了。

「不好意思，臨時約妳出來，妳原本是不是有其他的事？」

「沒關係，堀部學長，你現在每天在做什麼？」

「什麼都沒做，我覺得照這樣下去，進高中後會很不妙。」堀部在說話時撥弄著瀏海。這是他緊張時的習慣動作。

他們閒聊著足球隊的事，堀部不時舔著嘴唇，摸著瀏海，在說話時也很不專心。最後，他終於下定決心似地挺直了身體，轉頭看著葉月說：

「那個、我今天約妳出來，是想問妳一件事。」他眼神飄忽，繼續說道，「真瀨，妳有男朋友嗎？」

果然不出所料。葉月搖了搖頭，小聲回答說：「沒有。」她可以感受到堀部鬆了一口氣。

「那要不要和我交往？」

雖然堀部問得很沒情調，但葉月內心湧起一股暖流，她的心跳加速。

「不行嗎？還是妳已經有喜歡的人了？」

「不是這樣。」

「那妳答應嗎？」

葉月用力深呼吸，抬眼注視著他。

「要馬上答覆你嗎？」

「那倒是不需要，但是為什麼？我希望馬上聽到妳的答覆。」

「我要想一下……不行嗎？」

「好吧，那妳什麼時候可以答覆我？」

「我很快就會打電話給你，應該今天就會打。」

「那我等妳電話，會是好消息嗎？」

葉月只能微笑，但她也知道自己的笑容很僵。

和堀部道別後，葉月回到了和母親同住的公寓，用鑰匙開門後，走進屋內。她養成了一進門就鎖好門的習慣。

家裡並不大，除了廚房兼客廳以外，只有一間和室，但她從來不曾感到不滿。因為她比任何人更清楚，媽媽貴美子有多辛苦。

和室放了一張折疊式小桌子，葉月跪坐在小桌子前，拿起皮夾，從裡面拿出一個像指尖般大小的水晶。水晶的前端很尖，另一端掛著一條十公分左右的鍊子。她用指尖拿起鍊子的一端，水晶擺錘懸在半空中。

她努力平靜心情，閉上眼睛，然後在心裡問——我可以問了嗎？

她緩緩睜開眼睛，原本靜止的水晶擺錘緩緩動了起來，漸漸有了穩定的節奏，向逆時針方向旋轉。她認為這代表「ＹＥＳ」。

她讓水晶擺錘停止旋轉後深呼吸，注視著水晶擺錘，再次閉上眼睛。這次她問是否該接受堀部浩介提出的要求。

她的指尖感受到水晶擺錘轉動後，睜開了眼睛。看著水晶擺錘旋轉的方向後，嘆了一口氣。

五分鐘後，她撥打了堀部浩介的手機。

「喂，我是真瀨。我現在要答覆你。我很高興學長的這份心意，但我要準備考高中，所以暫時不想交男朋友……對不起。我已經決定了。堀部學長很受歡迎，我相信很快就會找到喜歡的女生……對不起，真的不行。那就先這樣。」她說完之後就掛上了電話。

2

狹窄的單行道兩側都是老舊的木造房子，所有房子都有昭和年代的味道。其中有一棟特別引人注意的大房子，大門很氣派，圍牆內種了很多樹。

鑑識課的成員進進出出，薰站在不會擋到他們的位置，翻開了記事本。草薙和岸谷站在她面前，草薙拿著攜帶型菸灰缸抽著菸。

「被害人是住在這裡的野平加世子老太太，今年七十五歲，她的兒子和媳婦發現她倒在一樓的和室，脖子上有從後方用繩子勒過的痕跡。目前並沒有發現兇器。她的兒子、媳婦和孫子三個人一個星期前去夏威夷旅行，今天傍晚才回家。」薰看著記錄的內容說，「她的兒子在三天前上午十點最後一次和被害人通話——這是日本時間。之後，他們準備離開檀香山時打電話回家，電話一直打不通，所以很擔心。目前還不瞭解詳細的情況，但被害人去世應該已經超過兩天。請家屬確認之後，只有被害人倒地的和室有被人翻箱倒櫃的痕跡，兇手應該沒有去過其他房間，只有翻和室的衣櫥和佛壇。」

「兇手應該知道兒子一家人去夏威夷旅行，所以利用這個時間下手。」岸谷對草薙說。

「很有可能，如果是闖空門的慣犯，即使只是在外面瞄一眼，可能就知道全家人都不在，只有老太太一個人看家。」

薰看著前輩刑警的臉說：

「如果是隨機犯案，有幾個不合理的地方。」

「有哪些？」

「兒子一家人回來時，玄關的門鎖著，窗戶和落地窗都從內側鎖著，所以玄關的門是唯一的出口。也就是說，是兇手鎖了門，而且這裡的鑰匙也不見了。如果是隨機犯案的闖空門，應該不會做這種事，而是會趕快逃走。」

「如果是普通的小偷可能是這樣，但這一次可能例外，因為已經殺了人，所以希望別人越晚發現越好。」

「雖然有這種可能，但還有其他不合理的地方。」

「還有嗎?那就趕快說啊。」

「我剛才說，衣櫥和佛壇有被翻動的痕跡，衣櫥內的珠寶首飾和被害人名義的存摺不見了，但存摺的印章放在其他地方，所以沒有被偷走。接下來的情況很重要，放在佛壇內的十公斤金條不見了。」

「妳說什麼？」草薙瞪大了眼睛，「為什麼佛壇內有這種東西？」

「聽被害人的兒子說，是被害人的丈夫留下來的，因為擔心把錢全都存在銀行不保險，所以把一部分財產買了金條。」

「十公斤的金條大約值多少錢？」草薙問岸谷。

「不清楚。」岸谷偏著頭。

「我剛才調查了一下，每公克大約三千圓出頭，十公斤就超過三千萬圓。」

草薙聽了薰的回答，忍不住吹著口哨。

「聽被害人的兒子說，有十塊一公斤重的金條放在佛壇內，而且是藏在乍看之下不會發現的暗格內。」

「暗格？」

「就在佛壇抽屜深處，把抽屜拉出來，再把後方的木板向旁邊移動，就可以看到暗格。總共有四個抽屜，金條分別放在那四個抽屜後方的暗格內，但現在全被偷走了。暗格做得很巧妙，除非是知情者，否則不可能發現。」

薰在說話時，草薙的臉色大變。雖然他的嘴角帶著笑容，但眼神漸漸銳利起來。

「原來是這樣，所以兇手不僅是熟人，而且是瞭解被害人財產管理情況的人，那就好玩了。」草薙說完，抓了抓鼻翼。

「還有另一件令人匪夷所思的事。」

草薙聽了薰的話，撇著嘴角說：「還有啊？」

「雖然不知道和命案是否有關，但狗不見了。」

「狗？」

「這戶人家在玄關養了一隻狗，是有甲斐犬血統的黑狗，只要陌生人進來，牠就會狂吠，但現在那隻狗不見了。」

薰從大門看向玄關的方向，玄關前是藍色屋頂的狗屋，入口處用麥克筆寫著「小黑的家」。

「據說平時都綁在狗屋那裡。」

3

發現屍體的隔天，有目擊者表示，在認為被害人遇害的那天白天，曾經有一個女人在野平家的圍牆外張望。目擊者說，那個女人大約四十歲左右，穿著套裝，看起來好像是業務員。

警方在野平加世子的房間內找到了好幾張保單，都是同一家保險公司的保單，業務員名叫真瀨貴美子。他們拿到了貴美子的照片請目擊者確認，目擊者斷言自己看到的就是這個女人。

薰和草薙立刻去找真瀨貴美子，打電話去保險公司後，得知她已經回家了，於是就前往她家。

真瀨貴美子所住的公寓離野平家走路大約十五分鐘左右，只有一房一廳，打開玄關的門，不僅可以看到前面的飯廳，就連裡面的和室也一目了然。薰和草薙與貴美子面對面在狹小的飯廳桌子前。

有一個看起來像是中學生的少女在裡面的房間看電視。聽貴美子說，她的丈夫在三年前去世，之後她們母女就相依為命。

貴美子五官端正，身材削瘦，雖然氣色不佳，只能靠化妝掩飾，但風韻猶存。她今年四十一歲，薰猜想應該有客人因為她的美貌而在保險合約上蓋章。

貴美子並不知道野平加世子去世這件事。雖然可能是裝出來的，但她看起來很震驚。她原本氣色就不太好，聽到這個消息後，臉色更加蒼白了，雙眼也漸漸紅了起來。薰覺得如果這是演出來的，演技未免太精湛了。但她也沒有忘記之前曾經遇過這種演技精湛的兇手。

貴美子承認在目前認為被害人遇害的當天曾經去過野平家，去向野平加世子說明她加入的個人年金保險。她在下午三點多到那裡，四點左右離開。

「有人看到妳隔著圍牆向野平老太太家張望。」草薙問。

「是啊，」貴美子點了點頭，「因為我事先沒有聯絡，所以想看看野平奶奶是否在家。」

「隔著圍牆嗎？如果要確認她在不在家，不是應該按對講機嗎？」

「我知道，那天我後來也按了對講機，但我盡可能不想靠近大門，所以就探頭張望了一下。」

「為什麼不想靠近大門？」

「因為她家養了一隻很會叫的狗，名叫小黑。只要靠近大門，牠就會叫個不停。其實我很怕狗，每次進去她家，都需要下很大的決心才能靠近大門。」

「喔，原來是這樣啊。那天小黑也有叫嗎？」

「當然啊。」

「妳離開的時候牠也叫了嗎？」

「對，」貴美子點了點頭之後，訝異地看著草薙問：「請問小黑怎麼了嗎？」

草薙瞥了薰一眼之後，再度將視線移回貴美子身上。

「案發之後，小黑失蹤了。」

「啊？這樣啊。」貴美子瞪大了眼睛。

「妳有沒有什麼頭緒？到目前為止，妳是最後一個見到小黑的人。」

「即使你這麼問……」貴美子為難地偏著頭。

「那我換一個問題，妳有沒有看過野平老太太家的佛壇？」
「有。」
「她有沒有向妳提過放在佛壇裡的東西？」
貴美子露出好像聽不懂草薙在說什麼的表情，但無法斷言這不是演技。
「你是問金子的事嗎？」她問。
「沒錯，妳果然知道佛壇的秘密暗格。」
「她曾經給我看過一次，該不會是那些金子被偷了？」
草薙沒有回答她的問題，繼續問她：「妳知道還有其他人瞭解這件事嗎？」
「不，」她偏著頭說：「我不知道。」
「是嗎？那我最後是否可以請教一下，妳離開野平老太太家之後去了哪裡？如果可以，希望妳盡可能說得詳細點。」
貴美子聽了草薙的問題皺起了眉頭。她應該察覺是在確認她的不在場證明。
「我去拜訪了幾位客戶之後回到辦公室，我記得是七點左右，之後去買了菜，然後就回家了，回到家應該八點左右。」
「之後呢？」
「之後一直在家。」
「一個人嗎？」
「不，和我女兒一起。」真瀨貴美子的頭微微轉向後方。

和室內的少女還在看電視，從斜後方可以看到她白皙的臉頰。

草薙點了點頭。

「真瀨女士，有一個不情之請，可以讓我們看一下房間嗎？」

貴美子皺起眉頭問：

「看房間？為什麼？」

「很抱歉，這是例行公事，很快就好了。我猜想妳不希望男人碰家裡的東西，所以主要作業都由內海進行，可以嗎？」

貴美子露出為難的表情，最後很不甘願地點了點頭。

「既然這樣，那也沒辦法，請便。」

「不好意思。」薰站了起來，從口袋裡拿出手套。

薰從飯廳開始檢查，目的當然是調查是否藏了金條。因為沒有搜索令，所以無法徹底搜查，但一房一廳的房子並沒有太多可以找的地方。

雖然找遍了整個房間，並沒有發現金條，但薰發現這對母女的生活很節儉。家裡只有最低限度的家電產品，而且都已經很老舊。冰箱內沒什麼東西，似乎並不習慣冷藏或冷凍一大堆食物。她們母女也完全沒有任何一件是最新流行的衣服，更令人驚訝的是，書架上的參考書幾乎都是二手書，因為上面寫了年度，所以可以清楚知道這件事。

薰檢查完壁櫥後，看著草薙點了點頭。

「感謝妳的配合，之後可能還會再向妳瞭解情況，到時候再麻煩了。」草薙起身向貴美子道謝。

走出公寓，稍微走了幾步，草薙問薰：「妳怎麼看？」

「我認為她不可能犯案，至少不會謀財害命。」

「為什麼會有這種想法？」

「因為我看到了她們母女的生活狀況，我認為會輕易犯罪的人，不可能持續過那種節衣縮食的生活。除了她們以外，我不知道還有誰會把肥皂頭放在裝橘子的網袋裡繼續使用。」

「人有時候會鬼迷心竅。」

「你認為她們母女很可疑嗎？」

「說不準，我也不知道。遇到那種母女，我就會失去冷靜的判斷能力。」

「那種母女是指？」

「就是這種相依為命、努力過日子的母女——算了，這不重要，我們快走吧。」

草薙突然加快了腳步，薰慌忙追了上去。

4

「是嗎？果然也去了辦公室……對，我剛回到家，也問了我所謂的不在場證明……這我就不知道了，可能還在懷疑我，還說要看一下家裡……對，看得很仔細，連壁櫥也打開看了……喔，因為是女刑警，所以沒問題……嗯，是啊，這樣也許比較好。我知道了，那就明天見。」

貴美子掛上電話後，對葉月露出了苦笑。

「碓井叔叔嗎？」葉月問。

「對，我離開公司之後，也有警察去了辦公室，檢查了我的辦公桌和置物櫃，他們一定在找失竊的金子。」

「莫名其妙，即使我們再窮，也不可能做那種事。」葉月忍不住尖聲說道。剛才刑警在搜索家裡時，她就已經很生氣了。

「那天我剛好去過，被懷疑也是無可奈何的事，而且應該沒有很多人知道那個佛壇內的機關。」

「但並不是只有媽媽知道野平奶奶把金子藏在佛壇吧？就連我也知道。」

「妳知道當然不是問題。話說回來，沒想到會出這麼大的事。不知道葬禮會在什麼時候舉行，我還得為野平奶奶辦理保險理賠的申請。」貴美子看著貼在牆上的月曆，架在桌上的手托著腮。

雖然葉月覺得媽媽已經被當成嫌犯，竟然還在操心被害人的葬禮和保險理賠的事，貴美子的外表看起來很神經質，其實有點神經大條，但這也正是她的優點，否則不可能走過這些年遭遇的困境。

葉月的父親是自殺身亡。他經營的公司破產，被龐大的債務壓得喘不過氣，燒炭導致一氧化碳中毒身亡。

失去了家庭的經濟支柱後，她們母女整天以淚洗面，但日子還是必須過下去。於是，貴美子在朋友的介紹下開始做目前的工作，她在結婚之前就在保險公司當業務員。

「碓井叔叔應該很擔心吧？」

「是啊，因為警察突然上門，任何人都會嚇一大跳。他問我最近是不是不要來家裡，我也回答說，這樣可能比較好，因為搞不好會連累他。」

貴美子已經好久沒有提到「他」了，葉月覺得媽媽在這種時候應該很希望依靠碓井。

碓井俊和是貴美子在目前這家保險公司的上司，在她進公司之後，就在各方面支持她，貴美子經常說：「如果沒有他，像我這種普通的家庭主婦根本不可能變成職業婦女。」

葉月也察覺到貴美子和碓井之間有男女關係。碓井雖然離了婚，但並沒有孩子。葉月暗自告訴自己，如果他們決定結婚，自己不會反對。回顧貴美子至今為止所受的苦，葉月覺得她完全有資格得到身為女人的幸福。

碓井最近每個星期都會來家裡一次，他當然不會留宿，只是喝著自己帶來的啤酒，和貴美子、葉月聊天，但葉月猜想他是在為和貴美子再婚做準備。

「為什麼那隻狗會失蹤呢?」葉月嘀咕說。

「啊?」

「剛才刑警不是說,野平奶奶家飼養的狗不見了嗎?我也曾經看過,就是那隻黑色的狗吧?」

「喔。」貴美子點了點頭,「真不知道是為什麼原因,原本還覺得牠是很出色的看門狗,沒想到在重要關頭卻不見了。」

葉月目不轉睛地看著說這種話的母親。

「媽媽,妳這句話有問題。」

「為什麼?有什麼問題?」

「妳以為狗突然失蹤,剛好有強盜闖空門嗎?怎麼可能有這種事?」

「不然是怎麼回事?」

「那還用問嗎?當然是被兇手帶走了。」

「把狗帶走?」

「對啊。」

「為什麼?」

「因為——」

我正在想其中的原因。葉月後半句話吞了下去,拿在手上的水晶擺錘晃動起來。

5

案發至今已經過了三天，搜查工作沒有進展，真瀨貴美子仍然是最可疑的嫌犯。調查之後發現，她有數百萬圓的債務，都是已經去世的丈夫留下來的，只要賣掉那些金條，就可以輕鬆償還債務。

只不過至今仍然沒有發現可以證明她犯案的證據，偵查員內心的焦急也寫在臉上。

陽光公寓二〇五室的門沒有鎖，脫鞋處只有一雙鞋子。走進屋內，發現只有岸谷一臉疲憊地坐在那裡。他解開了領帶，挽起了襯衫的袖子。

「我帶了食物給你。」薰把便利商店的袋子放在地上。

「喔，謝謝。」

「聽說真瀨貴美子出門上班了。」

「是啊，牧村負責跟著她，真是太好了。因為她是保險公司的業務員，跟蹤會很辛苦。」

「她女兒在家？」

「好像是，目前在放暑假，可能在睡懶覺吧。」

如果真瀨貴美子是兇手，最大的疑問就是她把偷來的金條藏在哪裡。如果藏在住家以外的地方，應該就只有辦公室，但目前已經搜過她的辦公室了。

偵查員一致認為，假設暫時藏在投幣式置物櫃這種不引人注目的地方，應該不可能長時間放置。因為如果不及時處理，很可能被人發現，至少必須經常去確認。

然而，大部分偵查員認為，在目前的狀況之下，即使貴美子是兇手，她也不可能自己去確認，所以很可能由她女兒葉月前往藏金條的地方。

「妳聽說了嗎？真瀨貴美子似乎有男人。」岸谷從便利商店的袋子裡拿出飯糰，打開塑膠紙時問。

「對方是怎樣的人？」

「目前還不清楚，但鄰居曾經多次看到那個男人去她家，還說看起來像上班族——」岸谷微微站了起來，看著窗外。

真瀨母女所住的那個房間門打開了，葉月走了出來。她穿著牛仔褲和夾克，走下樓梯時東張西望。

「我去。」薰把皮包背在肩上站了起來。

「她之前看過妳，妳要小心。」

「我知道。」

薰急急忙忙走出房間，但準備走向馬路時，又慌忙退回公寓。因為她發現真瀨葉月蹲在路旁。

薰躲在房子後觀察，發現葉月很快站了起來，快步走在路上。薰也立刻跟了上去。

葉月之後的行動很奇怪，每次走了數十公尺就停下腳步蹲在地上，然後再度起身繼續走。她每次蹲下的時候似乎在做什麼，只是薰離她太遠，所以看不清楚。就這樣走走停停了將近一個小時，不知不覺中來到了很冷清的地方。周圍沒有民宅，只有一些用途不明的小屋和倉庫，高速公路從頭上經過，路旁堆著非法丟棄的家電用品。

葉月放慢了腳步，看向那些廢棄物品。

這時，她突然停下了腳步，然後緩緩走向堆積的廢棄物品，但下一剎那，她大步後退，摀住了嘴，整個人愣在那裡。

薰遲疑了一下，不知道該怎麼辦。葉月似乎發現了什麼，雖然可以等她離開之後再去確認到底是什麼東西，但薰加速了腳步，然後跑了起來。

葉月似乎聽到了腳步聲，轉頭看了過來。她瞪大眼睛，準備跑向相反的方向。

「不要跑！」

葉月聽到薰的叫聲後停下了腳步。薰確認她停下之後，看向葉月剛才看的地方。那裡丟著舊電視和錄放影機。實施家電回收法之後，郊區這種非法丟棄的情況越來越嚴重。

薰看到一台壞掉的洗衣機。薰正準備走過去，葉月大叫著：「不要去看！」

薰回頭看著她，發現她雙手握拳。

「妳最好不要看……」

「別擔心。」薰對她點了點頭，走向洗衣機。那是一台滾筒洗衣機，蓋子打開著。

裡面不知道有什麼東西。薰起初以為是髒毛毯，但發現是黑色的毛沾到了黏稠液體，發出可怕的光時，終於知道那是什麼。仔細一看，還看到了像是項圈的東西。

她拿出手機，聞著洗衣機發出的異味，撥電話給草薙。

草薙帶著野平加世子的兒子，和鑑識課的課員一起來到現場。野平看到丟棄在洗衣機內的黑狗屍體，斷言那就是小黑。

「你們平時帶狗散步時會經過這一帶嗎？」

野平聽了草薙的問題後搖了搖頭。

「從來不會來這附近，平時散步都在完全不同的方向。」

草薙點了點頭，走到薰的身旁。

「妳有沒有問她女兒是怎麼回事？」

「我問了……」薰有點吞吞吐吐，「但我也搞不太清楚。」

「怎麼會這樣？這是什麼意思？」

薰帶草薙去見了真瀨葉月，葉月蜷縮在警車內。

「妳可以把剛才的東西再給我們看一下嗎？」薰問。

葉月遲疑了一下，把手伸進了夾克的口袋，拿出一條掛著水晶的鍊子。

「這是什麼？」草薙問。

葉月沒有吭氣，薰只好向草薙說明：

「據說是可以告知真相的擺錘，她問了擺錘失蹤的狗目前的下落，然後擺錘就帶她來到這裡。」

6

「請進。」薰敲了敲門，聽到門內傳來一個冷冷的聲音。

「打擾了。」薰打了聲招呼後打開門，但室內一片漆黑，她無法走進去。

「不好意思，可以請妳趕快把門關上嗎？不必要的光線會影響觀測。」研究室深處響起湯川的聲音。

「啊，對不起。」薰關上了門，瞪大了眼睛，緩緩走向前。

身穿白袍的湯川站在工作台前，有什麼白色的東西浮在工作台上方，看起來是許多小小的白點。

湯川似乎正在操作什麼裝置，下一剎那，浮在半空的白點開始改變形狀，然後變成了薰也熟悉的形狀，她忍不住「啊」了一聲。

「妳覺得看起來像什麼？」湯川問她。

薰吞了口水後開了口。

「校徽，看起來像帝都大學的校徽。」

「太好了，連沒有成見的妳也能夠看出來，那就沒問題了。」

湯川又碰了裝置上的幾個開關，懸在半空中的文字漸漸變成了兩個交集的圓圈。

「這是怎麼回事？為什麼會浮在半空中？」

「嚴格說起來並不是浮在半空中，說是在半空中寫字、畫圖更貼切。空氣不是由氧氣和氮氣組成的嗎？可以運用雷射光把氧氣和氮氣分子變成電漿的狀態，再運用高性能的脈衝雷射光，一秒可以產生大約一千個光點，這樣就可以隨意排列成自己喜歡的形狀或圖案。」

薰目瞪口呆地看著半空中的圖形出了神。雖然她對湯川的說明一知半解，只知道是很了不起的技術。

「以前的影像一定要投射在螢幕或是銀幕上，但這種方式不需要這種東西，可以呈現在任何空間中，也許以後可以發展出立體電視之類的東西。」

「這個發明太厲害了。」

「很可惜，這不是我發明的，我只是在自己的研究室重現逐漸確立的這項技術。」

「原來你也會模仿別人。」

「千萬不要小看模仿這件事。先模仿看看，在模仿的過程中，可以踏出獨特的一步，這是研究的方法。」湯川關掉了裝置的電源後，打開了牆上的開關說：「那就來聽聽妳要說的事，妳說是關於探測術的問題？」

「對，不好意思，在你百忙之中打擾。」

「沒關係。老實說，我也有點好奇。先來泡咖啡吧。」湯川脫下白袍，走向流理台。

湯川坐在椅子上，喝了一口即溶咖啡，用力吐了一口氣，左右轉動脖子，放鬆僵硬的肩膀後，用另一隻手推了推眼鏡。

「也就是說，那個中學生努力想要排除她母親的嫌疑，所以就想到要尋找失蹤的狗的下落。期待只要找到那隻狗，就可以查明兇手。」

薰點了點頭。

「狗失蹤是這起命案中很大的不解之謎，所以我能夠理解她的這種想法，只是沒想到她真的能夠找到……」

「妳說她使用了擺錘，具體是用怎樣的方式？」

「我在電話中也說了，是有一個水晶鍊墜的擺錘，拿在指尖，然後向它發問，要去哪裡才能找到狗，向左還是向右？向南還是向北？於是，擺錘就會回答ＹＥＳ或是ＮＯ。」

「妳說妳親眼目睹了當時的狀況？」

「對，每次來到路口時，她就會蹲下來，不知道在做什麼，我作夢也沒有想到，她竟然在向擺錘發問。」

湯川把馬克杯放在工作台上。

「這的確是探測術中會使用的擺錘，但通常都使用探測棒，用兩根彎成L形的金屬棒，但我知道也有人用擺錘的方式。」

薰偏著頭問：

「從科學的角度怎麼看呢？我上網查了一下，還是有點搞不太清楚，在挖井的時候好像的確會使用這種方法，但也有文章斷言，這是假科學，只不過也有某家自來水公司使用了探測術尋找老舊自來水管的位置。」

湯川露出了苦笑。

「探測術和其他超能力一樣，也是無法反證的問題。」

「什麼意思？」

「自古以來，就有科學家多次針對探測術進行證明實驗，妳別驚訝，進入二十一世紀後，也曾經做過這種實驗。從結論來說，從來沒有任何實驗能夠證明探測術的效果。雖然都是尋找埋在地底下的東西，或是從好幾個盒子中找出有裝東西的盒子這種簡單實驗，但並沒有任何高於概率的實驗結果。說白了，就是和不使用探測術亂猜的結果差不多。」

「所以果然是假科學嗎？」

「——這一類的問題難就難在無法斷言，不能因為在特定的實驗中沒有出現有意義的差別就否定探測術，也許是實驗的方法有問題，也可能是用於實驗的探測器不夠完善，或是冒牌的探測師，也就是說，無論實驗結果如何，都無法否認探測術這件事，這就是所謂的不可能反證。」

「聽你這麼說，你似乎並不相信。」

物理學家聽了薰的這句話，不悅地皺起眉頭。

「真沒想到，妳會說我『不相信』。只要在公正的條件下做實驗，即使實驗結果是多麼不可思議的現象，我也作好了相信結果的心理準備，只是目前為止的實驗結果如此，那我就不便發表任何評論。」

「那這次的情況呢？真瀨葉月的確使用了探測術發現了狗的屍體。」

湯川注視著薰的臉問：

「妳自己又是如何呢？妳相信那個女生說的話嗎？」

「這……因為我不知道該不該相信，所以才傷腦筋。因為我親眼目睹，所以很希望可以相信，但內心也感到懷疑，覺得不可能有這種事。」

「有一些……不，應該說有相當的影響。」

「發現那隻狗的屍體對之後的偵查工作有影響嗎？」

在調查狗的屍體之後，檢驗出毒物的成分。是一種農藥，似乎混在狗食中。

「原來體內檢驗出毒藥，既然這樣，就不能說不是兇殺案了，可以認為是兇手殺了狗，然後棄屍，那隻狗的體重有多重？」

「大約十二公斤。」

「妳說失竊的黃金有十公斤，所以兩者總共是二十二公斤。如果普通的女人要搬動這麼重的東西，可能需要推車。」

「你說的完全正確，而且十公斤的黃金可以藏在包裡，十二公斤的甲斐犬就沒這麼容易了，所以兇手應該是開車。」

「那個保險業務員有車子嗎？」

「沒有，已經問了租車行，目前並沒有發現她租車的紀錄。」

「原來是這樣，所以發現狗的屍體後，你們有點亂了陣腳。」湯川眉開眼笑，心情似乎很愉快，「話說回來，兇手為什麼要把狗的屍體藏起來呢？」

「就是無法瞭解這一點，目前能夠想到的，就是可能擔心在屍體中檢驗出毒藥……」

「不希望留下物證嗎？如果是這樣，可以一開始就不用毒藥。」湯川自言自語地說完後看著薰，「警方如何看待發現這個重要證據的那個女生的證詞？」

「目前還沒有定論，上司也都很頭痛。因為總不能在報告中寫嫌犯的女兒藉由探測術發現了狗的屍體。」

湯川微微搖晃著身體。

「妳說的上司也包括草薙吧？所以妳來和我討論。」

「既然你已經知道了我的目的，可不可以請你為我解開這個謎？」

「妳的上司並不是無能之輩吧？難道沒有人試圖用合乎邏輯的方式推理出那個女生為什麼能夠發現狗的屍體嗎？」

「當然有人，比方說，股長就說，也許她原本就知道了，也就是說，那個女生以某種方式參與了那起命案。」

「不錯，很有邏輯性。」

「但如果是這樣，不需要用探測術，只要匿名寫信給警方，說明棄屍的地點就好。事實上她也說，如果真的發現了狗，也打算用這種方式通知警方。而且我說了好幾次，我親眼目睹了她找到狗的經過。」

薰語氣強烈地說道，湯川也露出嚴肅的表情陷入了沉默。薰看著他的臉繼續說了下去。

「另外還要補充一點，真瀨葉月的同學都知道她會使用探測術。雖然她很少在別人面前操作，但有幾個人親眼看過，而且都說很準。」

這是薰在真瀨葉月就讀的中學附近聽她的同學說的，薰當然沒有提到兇殺案的事，但她告訴那幾個學生，自己是警察，所以那幾個學生都很認真地回答。

原本抱著雙臂、低著頭的湯川抬起了頭。

「我可以見一見那個女生嗎？如果可以，最好在這個實驗室和她見面。」

「好，我來安排。」薰點了點頭回答，她就在等湯川的這句話。

7

隔天，薰帶著真瀨葉月來到帝都大學。

薰事先為這件事徵求了草薙的同意，在她離開分局前，草薙對她說：

「太期待了，代我轉告湯川，我祈禱他能夠像以前一樣，三兩下就為我們解開這個謎團。」

前往大學的途中，葉月始終不發一語。薰已經告訴她，希望她和物理系的老師見面，但她並沒有緊張，也沒有不高興，看起來似乎已經作好了心理準備——只要有助於排除母親的嫌疑，她願意做任何事。

來到大學後，薰請葉月等在走廊上，自己走進了第十三研究室。湯川站在工作台前，工作台上放著奇怪的裝置，總共排了四根管子，兩端都被盒子遮住了。

「這是……」

「普通的探測術實驗裝置，有必要時，我會用這個裝置進行測試。這四根管子中，其中一根有水流動，到時候請她使用探測術，說出哪一根管子有水流動。我已經動了手腳，無法聽到聲音。」湯川轉頭看向薰，「那就請妳把自稱探測師的女生帶進來吧。」

「好。」

薰來到走廊上，葉月站在窗前看著窗外。

「葉月，」薰叫了一聲，「可以請妳進來嗎？」

葉月沒有回答，仍然背對著薰。薰正想再叫她時，葉月小聲地說：「好大。」

「啊？」

「大學的校園好大，和我們學校完全不一樣。」

「這裡的確很大，但並不是每一所大學都像這裡一樣。」

葉月終於轉過頭。

「妳也讀過大學嗎？」

「姑且也算是大學畢業，只是我讀的並不是什麼好學校。」

「這樣啊，也對，這個年代如果不讀大學，也沒辦法當刑警。」

「沒這回事，也有人只有高中畢業。」

「那種人和大學畢業的人相比，一定很辛苦吧，升遷應該也很慢。」

「這……應該和普通的公司、公家機關差不多。」

「我想也是。」葉月嘀咕道，一雙好勝的眼睛看著薰說：「但我不想讀大學，因為很多人即使讀了大學也照樣很笨。我打算高中畢業後就去工作，絕對不會輸給讀過大學的人。」

「只要妳有這種決心，應該就沒問題。」薰對著她露出微笑，「妳願意見見湯川老師嗎？」

「好。」葉月回答。

湯川仔細打量水晶擺錘後，點了點頭，還給了葉月。他和葉月面對面坐在桌前，薰把鐵管椅放在離他們有一小段距離的地方，坐了下來。

「這塊水晶的品質很好，哪裡來的？」湯川問。

「我五歲的時候，奶奶送給我的，就是我死去的爸爸的媽媽。」

「妳奶奶還健在嗎？」

葉月搖了搖頭。

「她送給我這塊水晶後不久就去世了。她生了病，一直躺在床上，可能知道自己活不久了，所以才送給我。」

「妳也是在那個時候學會了探測術嗎？」

「對，我聽說是祖先代代傳承下來的，但奶奶並沒有說那是探測術。」

「她是怎麼說的？」

「奶奶向曾祖母學的時候，曾祖母告訴她，說這叫水神。」

「水神……就是水中神明的意思吧？原來如此。」湯川露出了理解的表情。

「請問這是什麼意思？」薰問。

「水神就是掌管水的神明。對農耕民族來說，水比任何一切更重要，所以以前都會供奉水源地。也許這個擺錘以前曾經用來尋找水源，所以她的曾祖母稱它為水神。」湯川將視線移回葉月身上，「妳從什麼時候開始使用這個擺錘？」

她微微偏著頭說：

「我不記得正確的時間，好像不知不覺就開始使用了。」

「所以是在什麼情況時使用？」

「並沒有特別的規定，奶奶說，不知道該怎麼辦的時候，或是想要什麼答案的時候可以用。」

「妳每次都相信擺錘的答案嗎？」

「當然，因為我就是想知道答案，才會問它啊。」

「難道妳沒想過擺錘可能作出錯誤的答案嗎？」

「我沒想過，因為如果這樣懷疑，擺錘就不會給我答案。」

「擺錘從來沒有出過錯嗎？」

「沒有。」

「從來沒有嗎？」

「對。」葉月雙眼直視著湯川的臉。

湯川重重地吐了一口氣。

「沒有擺錘無法回答的問題嗎？」

「我想應該沒有。」

「所以只要有擺錘，妳可以知道所有事的答案嗎？像是明天的天氣，或是考試題目都知道嗎？」湯川用開玩笑的語氣挑釁她。

但是，葉月並沒有生氣，臉上露出淡淡的笑容。她的笑容也可以說是一抹苦笑，薰忍不住有點驚訝。

「奶奶曾經告訴我，擺錘不能用於慾望。比方說問它賽馬或是獎券之類的。」葉月說完之後，微微聳了聳肩，「但我必須承認，我有一次曾經問過考試的問題。」

「結果呢？」

葉月搖了搖頭。

「沒有成功，遭到拒絕了。」

「拒絕？」

「使用擺錘時，要經過第一個步驟，要問擺錘自己接下來要做的事是對還是錯。比方說，我想知道考試的題目，這件事對嗎？當時擺錘回答『ＮＯ』，我知道果然不行，之後就沒再問了。」

湯川瞪大了眼睛，靠在椅子上。他瞥了薰一眼，再度將視線移回葉月身上。

「妳想要尋找狗的屍體之前，也先問了擺錘，這件事是對還是錯嗎？」

「對。」

「擺錘回答『ＹＥＳ』嗎？」

「對。」

「妳具體是怎麼做的？」

「首先在腦海中想像想要找的東西。因為我曾經看過他們家的狗幾次，所以要想像並不是很困難。」

「妳可以告訴我，那隻狗長什麼樣子嗎？」

葉月聽了湯川的問題後眨了眨眼。薰覺得這是她第一次表現出內心的動搖。

「全身都是漆黑的毛，很會叫，瞪人的時候好像隨時會撲過來咬人。豎著耳朵，牙齒露出來。就是這樣的狗。」

「妳在想像之後呢？」

「我就出了門，邊走邊問擺錘要往哪裡走。」

「不需要問這個行為是對還是錯嗎？」

「這也要問。」

「每次來到岔路時都要問嗎？」

「對。」葉月小聲回答。

湯川抱著雙臂注視著她。

「最近除了這件事以外，妳在什麼時候使用過擺錘？即使和這起命案無關也沒關係。」

葉月低頭猶豫著，然後下定決心似地抬起了頭。

「上次比我大一屆的學長希望和我交往，我之前就很喜歡他，覺得應該可以接受，但又覺得自己現在沒時間玩，所以就問了擺錘。擺錘回答說不可以，所以我就拒絕了學長。」

薰在一旁聽了有點驚訝，她沒有想到葉月竟然連這種事都會問擺錘。

「妳並沒有為這件事後悔吧？」湯川問。

「完全沒有。因為不久之後，我就看到那個學長和其他女生約會，他應該只是想玩玩而已，所以對象是誰都可以。我還要考高中，所以覺得當初做對了。」葉月面帶笑容說完之後總結說：「擺錘永遠都正確。」

湯川鬆開了抱著的手，拍了拍自己的大腿說：

「謝謝妳，我問完了。」

「這樣就可以了嗎？」葉月似乎有點洩氣，「不用做實驗嗎？」

「不需要，這樣就足夠了。」湯川看著薰說：「妳送她回家。」

「好。」薰站了起來。

「那個老師相信我說的話嗎？」葉月在回程的車內嘀咕，「每次我和大人說擺錘的事，大人都說是假的，或者說是我的錯覺。」

「老師不是那種沒有任何根據就隨便下結論的人。」

「原來是這樣。」

薰送葉月回家後，又回到了帝都大學。因為她離開研究室時，湯川小聲要求她這麼做。

「你為什麼沒有做實驗？」薰一回到研究室，就問湯川。

「我不是一開始就說了嗎？如果我認為有必要才做。我和她談話之後，認為並沒有這個必要。」

「這是怎麼回事？」

「先說結論，那就是她在說謊。她並不是靠擺錘發現那隻狗的屍體，她在走出家門時，就已經知道了那個地點。」

「你憑什麼這樣斷言？」

「她剛才說，她走出家門之後，邊走邊問擺錘要往哪裡走。照理說，在此之前還要做一件事，那就是看地圖，瞭解大致的地點。如果不這麼做，根本不知道接下來要去的地方是不是走路就可以到。」

「啊！」薰目瞪口呆。

「我問她，在想尋找狗的屍體之前，也先問了擺錘，這件事是對還是錯嗎？她回答說『對』，我當時問的是『狗的屍體』，也就是說，她那時候就已經知道狗死了。」

薰也聽到了他們當時的對話，很懊惱自己竟然沒有察覺其中的矛盾之處。

「既然這樣，她為什麼不直接去那裡？她的確不時停下腳步，然後蹲下來不知道做什麼。」

「關於這個問題，我相信她的回答並沒有說謊，她真的是邊走邊問擺錘，只不過並不是問擺錘要往哪裡走，而是每次走到岔路時，都問擺錘是不是該繼續走。」

「所以她沿途都猶豫不決嗎？」

「就是這麼一回事。她應該基於某種根據，推理出狗的屍體應該被丟棄在某個地方，但她不能告訴警察，因為她有難言之隱，所以決定親自去確認。這個行為對她來說也需要下很大的決心，她才會在中途一次又一次問擺錘，這個行為是否正確，是否可以繼續走下去。」

「有什麼難言之隱？」

「如果換成是妳呢？假設妳發現了有關事件的重大事項，也許可以因此查到真兇，妳在什麼情況之下，不知道要不要把這件事告訴警察？」

薰想了一下，然後想到了一個答案。

「兇手是我認識的人……」

「沒錯，」湯川點了點頭，「她懷疑自己身邊的人，在思考那個人會把狗的屍體藏在什麼地方時，她想到了一個地方。」

「我去向她瞭解情況。」薰站了起來。

「沒這個必要，我猜想應該很快就可以找到兇手，」湯川說，「因為兇手身上應該留下了記號。」

8

在薰安排葉月和湯川見面的第三天，真瀨貴美子的上司，也是她男朋友的碓井俊和遭到了逮捕。由於在碓井家房間的天花板夾層內找到了金條，所以他很快就招供了。

碓井從貴美子口中得知野平加世子把金條藏在佛壇內，就一直想要佔為己有。因為他盜用公款，必須趕快找錢還債。

這時，他從貴美子口中得知，野平家的長子一家人出遊的消息，於是他認為是千載難逢的大好機會。

在貴美子和野平加世子見面之後，碓井立刻去了野平家，說野平加世子一直以來都很照顧自己的下屬，自己登門道謝，然後趁野平加世子不備，從後方把她勒死，但是，他並沒有馬上偷走金條，而是把門鎖好，然後帶走了玄關的鑰匙。碓井對此供稱「雖然知道金條藏在佛壇內，但不知道具體怎麼藏，所以打算晚上再悄悄溜進來好好找」。他在離開野平家之前，把混了農藥的狗飼料放在狗碗裡。此舉當然是為了預防他晚上偷溜進來時，狗對著他大叫。

深夜之後，碓井開車前往野平家，然後把車子停在遠處，再次溜進了野平家。那隻狗似乎死了，一動也不動。他走去野平加世子的房間，雖然花了一點時間，但發現了佛壇內的暗格，把藏在暗格裡的十公斤金條全都塞進了皮包，然後抱著皮包走了出去，鎖上了門。

一切都按計畫進行，但當他走向大門準備逃走時，發生了意想不到的事。

「原本他以為已經死了的狗突然撲上來咬他。」薰說，「那隻狗太盡忠職守了，吃了加了毒的飼料已經奄奄一息，竟然還善盡看門狗的職責，警察也要好好向牠學習。」

「那隻狗咬他哪裡？」湯川問。

「右腳的腳踝，碓井拚命掙脫，牠才終於鬆了口，然後似乎用盡了最後的力氣，倒在那裡一動也不動。他想到如果把狗的屍體留在原地，警方可能會根據牙齒上的血跡查到他的身分，於是就決定棄屍。」

「傷勢嚴重嗎？」

「傷口很深，走路也有點瘸。」

「這麼嚴重的傷勢，恐怕很難瞞過去。」

「老師的建議發揮了很大的作用，你說兇手應該有被狗咬傷的傷口——結果證明完全正確。」

請鑑識人員重新調查狗的屍體之後，在牠的牙齒上檢驗出人類的血液，於是調查了真瀨母女周圍的人，碓井浮上了檯面，在確認ＤＮＡ相符之後，就申請了逮捕令。

「因為我在想，就連普通的少女也可以推理出兇手，顯然有很明確的根據，而且這個根據和狗有密切的關係，搞不好這個人身上有和狗接觸的痕跡，於是我問了她對狗的印象，結果她回答說，好像隨時會撲過來咬人。聽了這樣的回答，當然會想到兇手身上應該有被狗咬傷的痕跡，而且她也看到了痕跡，這也可以解釋兇手為什麼把狗的屍體藏了起來。」

「今天上午，我去找了葉月。聽葉月說，碓井在犯案的隔天曾經去她家，她當時看到碓井在處理傷口。她說一看就知道是被狗咬的傷口，但是碓井很照顧她們，而且她也知道碓井和她母親的關係，所以遲遲無法說出這件事。她說如果找到狗的屍體，打算匿名通知警方。」

「所以她事先就知道棄屍地點嗎？」

「之前碓井曾經告訴她們，在附近撞死貓的時候，把貓的屍體丟去那裡，她記得這件事。」

「原來是這樣，現在要丟棄貓狗的屍體，的確很難想到適當的地方。」

「多虧葉月說了實話，所以寫報告也容易多了。對了，我可以再請教一個問題嗎？」

「什麼問題？」

「你為什麼沒有使用探測術的試驗裝置？我以為你會用實驗證明，讓她不要再相信擺錘的力量。」

湯川注視著她的臉，嘆著氣，搖了搖頭說：

「妳仍然沒有瞭解科學。」

薰生氣地問：「為什麼？」

「科學的目的並不是否定那些神秘的東西。她藉由擺錘和自己的內心對話，只是藉此擺脫猶豫，作為自己下定決心的手段，是她的良心讓擺錘旋轉，如果有什麼工具可以作為自己的良心追求的目標，是一件幸福的事，我們無權置喙。」

薰看著一臉嚴肅說話的湯川，嘴角露出了笑容。

「老師，你該不會很希望她的探測術真有其事？」

湯川沉默不語，意味深長地挑起單側眉毛，伸手拿起裝了咖啡的杯子。

第五章

／

攪亂

1

他喝著威士忌的純酒，喉嚨深處有一種火辣的感覺。

他已經很久沒有喝酒了，這是由真的朋友之前送她的威士忌。

「我那個朋友打工的酒吧倒閉了，結果大家就把剩下的酒分了。雖然我並不怎麼喜歡威士忌，但偶爾喝一下也無妨。」然後又笑著補充說：「如果送葡萄酒就更好了。」

這瓶威士忌和泡麵一起放在櫃子裡，冰箱裡剛好有冰塊，所以他決定喝純酒。雖然應該是高級酒，但他絲毫不覺得好喝。因為現在不是品酒的時候，更何況他原本就不懂酒的好壞，只是想要喝酒買醉。

他坐在餐桌旁的椅子上，拿著裝了琥珀色液體的杯子，看向隔壁和室。

由真躺在那裡。從他們開始同居時，她就經常穿身上那件黃色的長袖居家服。雖然已經很舊了，但她似乎很喜歡。

由真閉著眼睛躺在那裡，一動也不動。原本健康的粉紅色嘴唇也變成了灰色，那雙細長白皙的手永遠都不會再撫摸他的胸口，她的腰也不會再隨著他的熱情扭動。

他知道自己失去了一切。至今為止，他失去了很多東西，但他都忍了下來，因為他相信稀世珍寶仍然在自己手上。這當然就是指由真。只要有她在，他就能夠對自己的人生不至於太絕望。

最後，竟然連她也失去了。想到未來的日子，就覺得眼前一片漆黑。不，老實說，他根本無法想像未來的日子。

他把威士忌吞下喉嚨，立刻打了一個嗝，含在嘴裡還來不及吞下的威士忌噴了出來，濕了他的腿。

為什麼會變成這樣？他忍不住想。照理說，自己的人生路不該是這樣，他以前一直相信，自己的生活會更加燦爛，更加充滿希望，也為此努力不懈。

到底是哪裡的齒輪出了問題？到底是哪裡——這時，他又打了一個嗝。

他放下杯子站了起來，搖搖晃晃走向桌子。

其實他知道。他清楚知道自己什麼時候、在哪裡走偏了。

前方的牆上用圖釘釘了一份週刊報導的影本，那篇報導的題目是「偵破離奇命案，背後有一位天才科學家相助」，報導中提到警視廳搜查一課在偵辦看起來像是超常現象的離奇命案時，經常委託某大學的物理學家協助，最後都成功破案。雖然報導中只提到那名學者是T大學的Y副教授，但他知道是哪一所大學的哪個人。

他拿起了放在桌上的美工刀，把刀片部分推出幾公分，斜向割開了那篇報導的影本。

2

薰正在寫信，發現有一個人站在面前。她抬起頭，草薙正低頭看著她的手。

「寫情書給誰？」

「只是感謝信，上次不是有一位地質學的老師協助我們辦案嗎？」

「喔，原來就是那次協助我們分析屍體身上泥土的老師，妳每次都會寫感謝信給他們嗎？」

「並不是每一次，但我會提醒自己記得要寫，因為以後可能還會麻煩他們。」

「這樣啊，」草薙抓了抓鼻翼，「所以妳也有寫給湯川嗎？」

「啊？」

「他不是協助我們很多次嗎？」

薰挺直了身體，眨了眨眼睛。

「對喔，所以也應該寫給他。」

草薙噗哧一聲笑了起來。

「千萬別寫，千萬別寫，我曾經聽他說，他會挑剔學生寫的報告。不光是內容，就連怎麼寫文章也要挑剔。如果妳寫感謝信給他，搞不好他會幫妳改稿後寄回來，更何況他根本不想收到什麼感謝信。」

「是嗎？但還是應該表達謝意……」

「妳不必擔心，我有時候會請他喝酒。」

「去有漂亮小姐的店喝酒嗎？」

「那當然，應酬就是這麼回事。」

草薙挺起胸膛說這句話時，間宮從他身後走了過來。

「你們跟我一起來。」

薰立刻站了起來，「發生了什麼事件嗎？」

「不，現在還沒辦法這麼說，只是事情有點棘手。」間宮皺著眉頭。

薰和草薙跟著間宮走進小會議室，發現管理官多多良坐在那裡。多多良在搜查一課多年，創造了不少身為能幹刑警的傳說。他分了線的頭髮梳得很整齊，戴著眼鏡，看起來很穩重，但其實脾氣暴躁，別人為他取了「瞬間熱水器」的綽號。他曾經在生氣時用拳頭捶牆壁，結果把牆壁打穿了一個洞，但他的手也骨折了。

薰和草薙、間宮並排坐了下來，只要面對多多良，她就忍不住快冒冷汗了。

多多良低頭看著一份資料，然後看向間宮說：

「你有沒有向他們說明了情況？」

「不，還沒有，因為我擔心被其他人聽到會很麻煩。」

「嗯，那倒是。」多多良把資料放在桌子上，「課長收到了這個，這是影本，原件已經送去鑑識課調查了。」

「借我看一下。」草薙伸手拿了過來，坐在他旁邊的薰也探頭張望。

那是一封用印表機列印的信。薰看了內容，忍不住倒吸了一口氣。內容如下：

警視廳各位親愛的女士、先生：

我有一雙惡魔的手，只要用這雙手，就可以自在地埋葬他人，警方絕對無法阻止我。因為人類看不到惡魔的手，警方會認定被害人是意外身亡。

你們這些愚蠢之輩，想必會認為這封警告信是惡作劇，所以，我將在數日內表演一下，到時候你們就會知道我的厲害，接下來就是我和你們之間的真槍實戰。

如果你們自認不是我的對手，也可以向那個T大學的Y副教授求救。和他較量一下誰才是真正的天才科學家也不失為一種樂趣。

代向副教授問好。

惡魔之手

草薙放下了那封信。

「這是怎麼回事？」

「我不是說了嗎？這是寄給課長的信，今天早上收到的，信封上蓋的是東京中央郵局的郵戳，應該是昨天白天寄出，信封上的字也是用印表機印出來的，目前已經請鑑識課查明所使用的印表機和電腦軟體。」多多良目不轉睛地注視草薙之後，將視線移向薰，「我想聽聽你們的意見，你們對這封信有什麼看法？」

薰和草薙互看了一眼，草薙的臉上露出了困惑的表情，薰猜想自己臉上的表情應該也差不多。

「這個人在自吹自擂，」草薙說，「自以為是江戶川亂步小說中的千面人。」

「所以，你認為只是惡作劇嗎？」

「不，」草薙搖了搖頭，「雖然他寫的信是自吹自擂，但看了之後，覺得並不是惡作劇。」

「你有什麼根據嗎？」

「通常對警方惡作劇的人，都會觀察警察的反應樂在其中。比方說，會具體預告犯罪，揚言要炸毀哪裡哪裡的設施，然後看到相關人員手忙腳亂，就覺得很好玩，但這封信中完全沒有提到這些內容，也沒有提出什麼要求。在這種情況下，警方根本無法作任何應對。我相信寫信的人也知道這一點，既然警方完全不會有任何反應，惡作劇就根本沒有意義。」

多多良點了點頭之後，再度看向薰。

「那再來聽聽年輕人的意見。妳有什麼看法？妳也認為不是單純的惡作劇嗎？」

「老實說，我不太清楚，但有件事引起了我的注意。」薰有點緊張地回答，「歹徒似乎很在意帝都大的湯川老師，兩次提到了副教授這三個字。」

「我也注意到這一點。」多多良說。

「幾個月前，有幾家媒體介紹了湯川老師，最初是有一位記者發現了老師對警視廳的貢獻，寫了相關的報導。雖然沒有提到老師的名字，但只要是認識湯川老師的人，應該馬上就知道是他。」

「也就是說，妳認為不論是不是惡作劇，歹徒的目標是湯川副教授嗎？」

「當然，我無法斷言……」

「關於這一點，你有什麼看法？」多多良問草薙。

「我認為有道理，與其說這封信是犯罪聲明，我認為更像是向湯川下的戰帖。」

多多良聽了草薙的回答，低吟著嘆了一口氣。

「戰帖嗎？有些人還真是會找麻煩，但正如草薙所說，即使我們收到了這種信，也沒辦法做任何事。雖然歹徒在信中說要表演，但並沒有具體提到要做什麼，看起來像是要殺人，然後偽裝成意外，但既然不知道是什麼意外，所以也沒辦法採取什麼對策。」

「要不要和湯川討論一下？」草薙說，「如果歹徒的目的是向湯川挑戰，也許他知道什麼。」

「你的意思是湯川副教授知道歹徒是誰？如果是這樣，事情就簡單了……」

多多良垂著嘴角時，草薙的手機響了。

「不好意思。」他打了一聲招呼之後拿出電話，但一看來電顯示，抬頭看著管理官。

「怎麼了？」多多良問。

「說到曹操，曹操就打電話來了。」草薙把液晶螢幕出示在多多良面前說，「是湯川。」

湯川遞上了用馬克杯裝的咖啡後，又遞過來一張紙。薰看了之後並不感到意外。那張紙上印著和寄給搜查一課課長的信相同的內容，唯一的不同，就是信的開頭多了以下這段文字：

致帝都大學湯川副教授：

我寄了以下的內容到警視廳搜查一課，那些無能的傢伙一定會哭著找你幫忙，你可以期待偵查員的造訪。

湯川在椅子上坐了下來，拿著馬克杯，看了看薰，又看著草薙。

「我不喜歡等人，既然偵查員要上門，那就速戰速決，所以我就打電話給草薙了。」

「當時我們正在討論，要不要來向你瞭解情況。」

湯川聽了草薙的話，驚訝地皺起眉頭。

「向我瞭解什麼情況？我完全沒有什麼話好說。」

「你沒有頭緒嗎？」薰問。

「沒有。我看了這些內容之後，唯一的感想就是『看吧，我不是早就說了嗎？』。我只是基於國民的義務和身為科學家的使命感，才多次協助你們辦案，所以我也再三叮嚀你們，千萬不要讓外界知道這件事。因為你們沒有做到，才會發生這種事。這個『惡魔之手』看到了誇大報導T大學Y副教授的內容，心裡覺得很不舒服。因為一旦媒體創造出英雄，就會有人反彈，這也是人之常情。也就是說，看了那些報導的每一個人都是嫌犯，只是不知道是否真的有『惡魔之手』。」

「恕我反駁，我們從來沒有向媒體透露過老師的事，是報社記者發現帝都大學物理系協助我們調查了好幾起事件的物證，自己展開調查之後，才發現了你的存在。」

「這件事我知道，因為曾經有人要求採訪我，他當時就是這麼說的，但我的意思是，你們應該預料到會有這種情況，事先採取防範措施。如果外界能夠輕易查出協助辦案者的身分，誰都不願意再協助警方。」

「你說得對。」草薙說，「我們也在這件事上深刻反省，以後會更加小心謹慎，避免再度發生類似的狀況。」

「雖然在我的問題上已經為時太晚了，但也只能請你們加油了。」

「在承認我方有疏失的基礎上，我想再問你一次。雖然你可能覺得我囉嗦，但你真的沒有頭緒嗎？看信的內容，這個人似乎和你有競爭意識。」

「對我有競爭意識的人，未必是我認識的人。」

「對方看到T大學的Y副教授這幾個關鍵字，就知道是你，我認為不可能是和你毫無關係的人。總之，希望你再仔細想一想，在之前認識的科學家中，有沒有人可能做這種事。」

「不可能。」

薰聽到湯川斬釘截鐵的回答，忍不住注視著他端正的臉龐。草薙也有點意外地閉了嘴。

「我的確認識很多科學家，但我幾乎不瞭解他們的為人，我只知道他們在科學方面的成就，根本無法判斷誰可能寫這種信。」

草薙看向薰，臉上露出「我投降」的表情。

「好，那這件事就由我們處理，這封信可以暫時借用一下嗎？」

「請便，不必還我。」湯川遞上放在旁邊的信封，「對了，聽說你升上主任了，恭喜啊。」

草薙露出了無奈的表情。

「和之前沒什麼兩樣，做的工作也一樣。」

「內海，妳也是草薙的手下嗎？這下子有依靠了。」湯川看著薰，露齒一笑。

「誰依靠誰？」草薙問。

「彼此依靠啊。」

草薙嗤之以鼻後，站起來說：「我們走吧。」

薰跟在草薙身後準備走出去，但在門口時轉過頭問：

「你覺得『惡魔之手』是什麼？」

湯川聳了聳肩說：

「我怎麼可能知道，應該是指某種看不見的力量，但看不見的力量有很多種，光看信中的內容無法斷定是什麼。我剛才也說了，也不知道歹徒是否真的有『惡魔之手』。」

「是啊……那我們告辭了。」

「但是，」湯川說：「我認為應該不是虛張聲勢的恐嚇。」

「為什麼？」

「因為信中提到了科學家這幾個字，寫這封信的人至少自認為是科學家，不妨認為有某種根據讓寫信者這麼認為。」

薰點了點頭說：「謝謝你的提示。」

湯川皺著眉頭，搖了搖手說：

「這只是外行的意見，聽聽就好。」

3

男人開了一輛白色廂型車，他把車子停在超市頂樓的停車場，從駕駛座移到後方的空間。後方的座椅都拆掉了，他把一個裝置放在滑門旁。

他確認周圍沒有人後，打開了滑門。

裝置上有一個特殊的觀測器，對著滑門的方向。他用觀測器察看車外，對焦之後，用粗大的鋼骨搭建的大樓鋼骨構架進入了視野，一個身穿工作服的工人站在最頂端，高度離地將近二十公尺，男人必須稍微抬頭才能看到。

男人把觀測器的焦點對準了那個工人，工人蹲在那裡工作。和昨天一樣，工人的身上並沒有綁安全繩。他應該習慣高空作業，對自己的經驗和平衡感很有自信。

工人看起來五十多歲，但無法看到他安全帽下的頭髮是否花白。

活了這麼多年，應該也差不多了——男人嘀咕著，按下了裝置的開關。

草薙在監視螢幕前抓著頭。螢幕上播放的是這幾天在東京都內發生的車禍。總共發生了八百起車禍，其中有三起死亡車禍，四個人在車禍中喪生。

第一起車禍是因為車速太快，導致無法順利轉過彎道，車子撞上了電線杆，開車的大學生和坐在副駕駛座上的朋友，都在車禍中送了命。兩個人都喝了不少酒，聽交通課的人說，路面沒有留下煞車的痕跡，研判開車的人當時可能睡著了，也有幾個人看到他們在居酒屋喝酒。

這是一起並不意外的車禍，喝酒和開車都是基於當事人的意志，完全沒有「惡魔之手」介入的餘地。

但草薙對是否可以斷定這起車禍和「惡魔之手」沒有關係沒有把握。因為開車的那名大學生的父母說：「他不是會喝酒開車的人。」如果是平時，草薙會認為只是父母在袒護孩子，但現在會想到那封恐嚇信。

會不會有人慫恿這兩個大學生喝酒開車？比方說，用催眠術——

草薙嘆了一口氣。一旦這麼想，所有的車禍都變得可疑。比方說，第二起死亡車禍是一輛小貨車撞到了闖紅燈過馬路的老人，也可以認為老人是被人催眠才會闖紅燈。

草薙不知道催眠術是否能夠像這樣控制別人的行動，雖然很想請教湯川，但總覺得會遭到他的嘲笑，所以只能作罷。

他察覺到身後有人，回頭一看，原來是間宮。

「有沒有發現什麼？」

草薙搖了搖頭說：

「老實說，我真是快投降了，雖然看起來都像是單純的車禍，但如果要牽強附會，就會覺得有很多問題。」

「我想也是。」間宮點了點頭。

「如果那封恐嚇信是惡作劇，只能說實在太惡劣了。即使歹徒沒有犯下任何案子，我們也會東想西想。」

「有道理，所以歹徒可能反向利用這種心理。」

「什麼意思？」

「雖然我也不想讓你更傷腦筋，」間宮甩著手上的一張影印紙說：「又收到了這個，正本已經送去鑑識課了。」

草薙接了過來，發現和上次的恐嚇信一樣，上面列印了以下的內容。

警視廳各位親愛的女士、先生：

如我之前的預告，惡魔之手已經表演過了。本月二十日，工人上田重之在墨田區兩國的建築工地墜落死亡。你們可以去確認，Y副教授應該會告訴你們，這並不是我在說大話。

惡魔之手

草薙抬起頭問：

「在工地墜落意外？」

間宮噘起下唇，點了點頭。

「已經向本所分局確認，二十日那一天，的確曾經發生這樣的意外，名叫上田重之的工人死亡也是事實。」

「媒體有報導這起意外嗎？」

「好像有一部分早就報導了，所以歹徒可能看了報紙之後，寄來這封像是犯罪聲明文的信。」

「也就是說，他把剛好發生的死亡意外，說成是自己的傑作嗎？」

「有這個可能，但最後一句話耐人尋味。」

草薙再次看著那封信。

「為什麼要由湯川告訴我們他不是在說大話呢？」

「完全搞不懂。」間宮聳了聳肩，搖著頭。

草薙站了起來，拿起上衣說：「我去找湯川。」

他走出警視廳時，手機響了。是內海薰打來的。

「太巧了，我現在要去找湯川，妳也去那裡。」

「我已經在路上了，我打這通電話就是通知你這件事。」

「有什麼狀況嗎？」

「我接到湯川老師的電話，他又收到了恐嚇信。」

恐嚇信和上次一樣，印在A４的紙上。

你好，警視廳的偵查員來找過你了嗎？如果還沒有來，應該會在近日去找你。原因很簡單，因為你會找他們來。

我想請你做一件事，這件事很簡單，請你上網進入某個網站，然後讓偵查員看那個網站上的內容就好。

網址如下，你不必擔心，那只是某部電影的官網，你也不必對這部電影產生興趣。

進入該網站後，會看到有可以留言表達對電影感想的留言區，請看一下留言區。在本月十九日，有一個暱稱是「工人」的人留言。也許你會覺得留言的內容平淡無奇，但那些偵查員看了一定會大吃一驚，然後就會相信惡魔之手。

惡魔之手

薰看完了信之後抬起頭，剛好和板著臉坐在那裡的湯川對上了眼。

「今天早上，物理系的信箱發現了這封信。」湯川說，「這是怎麼回事？我以為自己已經和這件事無關了。」

「並不是我們把你扯進來，而是歹徒想要把你扯進來。」草薙辯解道，「先不說這個，你看了那個官網了嗎？」

湯川坐在椅子上踢了一下地面，椅子下的輪子轉動，他移到了電腦桌前，迅速敲打鍵盤後，螢幕上立刻出現了五彩繽紛的影像，還有背景音樂。

他操作滑鼠，切換了畫面，進入了可以留言表達對電影感想的留言區。當然也可以瀏覽其他人寫的內容。

「歹徒似乎希望你們看這則留言，內容的確平淡無奇。」

薰和草薙一起走到電腦前，發現在方框內寫了留言。題目是「滿心的愛」，內容如下：

看了大家的感想之後，我也想去看了。我會在二十日去看。太期待了。在兩國的一棟正在建造的大樓帶著滿心的愛，祝福各位多保重，我會小心不讓自己因為太感動而墜樓。

四十多歲的工人　二〇〇八　五月十九日　二十二點四十三分

薰和草薙互看了一眼。她在來這裡之前，就已經得知了歹徒寄的第二封恐嚇信內容。

「由此看來，寄恐嚇信的人寫的內容並不是胡說八道。」湯川說，「這篇留言中有什麼讓你們這麼緊張？」

草薙露出嚴肅的眼神看著他說：

「這是一封預告信，這是犯罪預告。」

「預告？」

草薙向湯川說明了情況，湯川的眉頭越皺越緊。

「原來發生了這樣的意外，有工人從兩國正在建造的大樓墜樓身亡。如果只是巧合，未免也太巧了，竟然連日期也一致……」

「會不會是得知那起意外之後，在網路上尋找內容一致的文章？」薰提出了這種可能性。

「雖然不是完全不可能，但可能性應該很低。」湯川說，「留言是在意外發生的前一天寫的，的確是犯罪預告。」

「但通常都是在犯案前預告，很少聽過像這樣事後預告的情況。」草薙說。

「這次的歹徒寫預告信的理由很特殊，因為不希望被認為只是利用剛好發生的死亡意外，所以才作這樣的預告，但如果事先通知你們有這樣的預告信，當然會影響犯案的執行，所以才會採取事後通知的方式。」

草薙發出了低吟。

「那就來調查兩國的這起意外，果真是謀殺就麻煩了。」

「但是有辦法做到把人推下樓，卻偽裝成意外嗎？轄區分局會判斷是意外，不就代表完全沒有可疑之處嗎？」薰問湯川。

物理學家撇著嘴角，搖了搖頭。

「不清楚，目前所知道的線索太少，甚至沒辦法建立假設，而且我曾經說了好幾次，我對犯罪很外行。」

「但你上次不是說，有很多看不見的力量嗎？」薰問。

「當然有啊，比方說磁力，還有地心引力，正在說話的妳我之間也有引力，但我也不知道這次的歹徒到底用了什麼，也完全猜不透。總之，要先蒐集線索，只要歹徒不是使用魔法，就一定會留下某些痕跡。而且這個世界上並沒有魔法這種東西。」湯川的語氣越來越激動。

「要蒐集什麼線索？你告訴我們需要什麼？」

「首先需要有關意外的資料，同時，我想去看現場，還有當天的氣候、現場周圍有什麼，蒐集所有相關的資料。」

「好，那就讓內海蒐集這些資料。」草薙站了起來。

「但我搞不懂一件事。」

草薙聽了湯川的話，轉過頭問：「什麼事？」

「歹徒為什麼做這麼危險的事？在官網上留言，警方很快就會查到電腦。」

「可能使用網咖的電腦。」

「我猜想是這樣，即使是這樣也很危險，有可能被網咖的監視器拍到。如果我是歹徒，不會採用這種方式。網路會讓人誤以為匿名性很強，但如果要隱瞞真實身分，郵寄的方式更安全。事實上，歹徒也用這種方式寄恐嚇信。雖然會有可能被查到印表機和電腦軟體的缺點，但無論印表機和電腦軟體都很氾濫，能夠被查到的風險幾乎是零，對不對？」

草薙聽了湯川的問題皺起了眉頭。鑑識課分析歹徒寄來的信之後，認為很難透過信件查到歹徒。

「你的意思是，可以用郵寄的方式寄犯罪預告嗎？」薰問。

「對，在犯案當天寄給警察，因為隔天才會寄到，所以不必擔心會遭到妨礙，而且郵戳上記錄了時間，可以證明歹徒是在犯案前把信寄出去，歹徒為什麼沒有這麼做？」

薰看著草薙說：

「的確有道理。」

草薙皺著眉頭。

「歹徒可能有什麼狀況。」

「我也這麼認為。」湯川說：「只要瞭解是什麼狀況，應該就可以查明『惡魔之手』的真身。」

「有道理，我會記在心上。」

走出研究室後，草薙看著薰，露出了意味深長的笑容。

「雖然歹徒的做法讓人火大，但至少有一件好事，湯川對這件事產生了興趣。」

「我也有同感，但這不也是歹徒的目的嗎？是否代表歹徒很有自信，認為即使是湯川老師也無法識破。」

「應該是這樣，但湯川不會輸，我們當然也不能輸。」草薙說這句話時，露出了刑警特有的嚴厲眼神。

4

男人踩著油門，確認後方沒有車子後，移向了右方車道，然後稍微加快了速度，很快就追上了行駛在左側車道的一輛紅色轎車。

他斜眼看向駕駛座。一個年輕女人握著方向盤，後車座的車窗貼了深色隔熱紙，所以看不到有沒有坐人。但副駕駛座空著，想必車上沒有其他人。

車子行駛在首都四號高速公路新宿線上行車道上。他看了一眼車速表，發現早就超過了時速八十公里。他調節了油門，和女人的車子並排行駛。

即將來到代代木休息區，他右手握著方向盤，左手在座椅旁摸索著，手指碰到了事先設置在那裡的開關，毫不猶豫地按了下去。

他在定時器上設定了十二秒的時間，只要時間一到，定時器就會發出電子聲。男人在等待電子聲響起的同時，謹慎地調節著油門，鎖定目標，和目標並排行駛，十二秒的時間感覺特別漫長。

進入了一段很長的直線距離。前方是向右的急彎道，緊接著是一個向左的急彎道，這裡是出了名的車禍多發地段。

他聽到了電子聲，用力踩下了油門。車子立刻加速，他在後視鏡中看到了那輛紅色車子，紅色車子開始搖晃蛇行。

他只看到這裡為止，因為進入彎道後，視野就被擋住了。他放慢了速度，等待後方車輛出現。

不一會兒，出現一輛白色車子，接著是藍色車子。那輛紅色轎車沒有出現。

似乎成功了——他的嘴角露出笑容，似乎真的發生了車禍。

只是不知道造成了多大的危害。

他決定在下一個出口離開高速公路。副駕駛座上放著無線電機，他很期待從無線電機中聽到東京消防廳的急救消息。

上田涼子瞪大了一雙細長形的眼睛，原本蒼白的臉頰微微泛紅。

「我爸爸是被人殺害的嗎？」她的聲音有點沙啞。

「不，目前還無法確定，還在偵查中。」草薙語帶平靜地說。

「但是，本所分局的刑警告訴我說，確定是意外……」

「當時的確是這樣，但之後陸續接獲一些線索，認為斷定是意外有點太倉卒了。」

「是什麼線索？」上田涼子問了理所當然的問題。

草薙決定說出事先準備的謊言。

「因為我們確認到還有多起看起來像單純的墜樓意外，但其實是謀殺的情況，上田重之先生的狀況和這些案例有相似之處，為了力求謹慎，我們來向妳確認。目前仍然可以認為是意外，我們只是力求謹慎，所以繼續調查。」

草薙再三強調了「力求謹慎」這幾個字。間宮提醒他，千萬不要告訴家屬收到恐嚇信的事。

和被害人家屬見面心情很沉重，尤其當家屬完全沒想到被害人是遭到他人殺害身亡時，就會更加痛心。如果是意外，家屬只能接受，一旦得知是他殺，就會產生其他感情。除了憎恨以外，更會產生強烈的疑問。為什麼自己所愛的人會遭到殺害——從某種意義上來說，這是最悲慘的疑問。無論怎麼說明，即使有加害人的自白，家屬也永遠無法接受。每次回想起悲劇，就會陷入痛苦。

草薙和內海薰一起來到了上田重之家。他家在兩層樓公寓的一樓，兩房一廳的格局。一進門，就是廚房兼飯廳，他們和上田涼子面對面坐在餐桌前。她是上田重之的獨生女，五年前住在一起，聽說目前獨自住在勝鬨車站附近，她的母親兩年前罹癌去世了。

「假設……這只是假設，假設上田重之先生不是因為意外身亡，妳有沒有什麼頭緒？任何微不足道的事都沒有關係。」草薙問她。

上田涼子一臉難以理解的表情搖了搖頭。

「我完全沒有頭緒，我爸爸個性很軟弱，酒量也很差，幾乎不會和任何人發生爭執，我覺得絕對不會有人恨我爸爸，昨天舉行葬禮時，大家也都這麼說。」

「請問妳最後一次和重之先生說話是什麼時候？」

「上個星期。我爸爸打電話給我，問要怎麼張羅我媽媽的三週年忌日……雖然離我媽的忌日還很久。」上田涼子低下了頭。

草薙看向內海薰，用眼神問她是否有什麼想問的。

「聽說上田重之先生是經驗豐富的油漆工。」內海薰開口問道，「他很習慣在高空作業，所以才會沒有使用安全繩，妳曾經和他討論過他工作方面的事嗎？」

上田涼子微微抬起頭，睫毛動了幾下。

「我之前曾經和爸爸聊過，他上了年紀之後，平衡感應該會變差，所以請他要小心。但爸爸說，一旦繫上安全繩，會影響工作進度，所以有時候就會懶得繫，我一再叮嚀他要小心……」她說著說著就哭了起來。

草薙和薰帶著沉重的心情離開了上田家。

「我覺得兇手並沒有殺害上田先生的動機。」草薙邊走邊說，「他只是想要殺一個人偽裝成意外，剛好看到了上田先生，而且上田先生沒有繫安全帶，於是就鎖定了他，我認為事情就這麼簡單。」

「我也有同感，問題在於方法。」

「遠距離讓人墜樓身亡的方法嗎？雖然很想請湯川幫忙，但目前沒有任何值得參考的線索。」草薙皺著眉頭，抓了抓頭。

本所分局負責兩國這起墜樓意外的員警已經把相關資料交給了他們，他們也向現場的監工和其他工人瞭解了情況，目前查明意外發生時，上田重之的周圍並沒有其他人，也沒有發生導致鋼骨構架搖晃的衝擊，或是突然吹起讓人身體失去平衡的強風，難怪本所分局很快就認定是意外。

他們回到警視廳，岸谷拿著資料走向草薙。

「情況怎麼樣？」草薙問。

「到目前為止，並沒有發生死亡意外。發生了一百三十二起車禍，有一百一十八人受傷，其中有三十五人身受重傷，但都沒有生命危險。目前接獲的其他意外共有十三起，有人喝醉酒跌下樓梯，也有老人吃藥卡到喉嚨，都是這一類的意外，並沒有從高處墜樓的意外。」岸谷朗讀了資料的內容。

「啊呀呀，東京的意外還真不少，有這麼多意外，就會覺得其中某一樁搞不好是那個傢伙所為。」

「我認為這正是歹徒的目的。」薰對草薙說，「只要成功犯下一起看似意外的兇殺案，就可以讓歹徒看起來比實際更厲害。」

「我認為就是這樣，但問題在於他真的辦到了，即使只有一次而已，這一點無法忽略。」

「這……是啊。」薰垂下了眼睛。

目前由草薙的小組負責調查「惡魔之手」事件，因為在眼前的階段，還無法斷定到底是不是事件。雖然透過間宮向高層報告了歹徒在網路上的犯罪預告，但還沒有收到任何指示。草薙認為高層也對這件事感到束手無策。

這時，間宮走了過來，臉上的表情很凝重。他把一張影印紙遞到草薙面前說：

「又來了，這個歹徒真的很喜歡寫信。」

草薙接過影印紙，薰和岸谷一起在旁邊探頭張望。

警視廳各位親愛的女士、先生：

我相信你們已經瞭解，兩國的墜樓意外是我的傑作，我相信你們目前應該在傾全力調查我到底用了什麼手法，但我只能說，這是白費力氣，因為你們不可能識破惡魔之手到底是怎麼回事。

在證明惡魔之手的確存在之後，我要提出要求，但其實並不是什麼困難的事，相反地，對你們來說是當然的義務。

那就是把我的事公諸於世，我希望由刑事部長或是搜查一課課長召開記者會，屆時公開我之前的犯罪預告和犯罪聲明也無妨。

但是，一旦公諸於世之後，我擔心會造成一個問題，那就是會出現冒牌的惡魔之手。所以我在此向你們傳授區分真偽的方式，那就是隨信所附的亂數表。今後我寫的信必定會在最後寫上從亂數表中挑出的數字，如果沒有這個數字，就是冒牌貨。另外，使用過一次的數字也不會再次使用，所以要好好保管這張亂數表，相信對我們雙方都有好處。

惡魔之手　第一排B行55

「這是什麼？」草薙問。

「上面不是寫得很清楚嗎？歹徒提出了要求。」

「這個人的要求就是要我們向社會大眾公開嗎？」

「看起來是這樣。」

草薙緩緩搖著頭。

「這個傢伙到底在想什麼？這麼做到底有什麼好處？」

「課長和管理官認為，歹徒是一個有強烈表現慾望的人。」間宮說。

「所以目前決定怎麼做？要召開記者會嗎？」

「怎麼可能召開這種記者會？那不就等於向歹徒的威脅屈服嗎？更何況公開沒有任何好處，所以上面決定暫時不予理會。」

「接下來就看歹徒會再出什麼招。」草薙點了點頭說。

「上面提到的亂數表呢？」薰問。

「和信裝在同一個信封內，在五行五列的格子內，各有一個兩位數的數字。信的最後不是寫了『第一排B行55』嗎？就是那個格子內寫了55這個數字，歹徒提醒我們，如果信中沒有寫對這個數字，就是冒牌貨。」

「歹徒擔心會出現冒牌貨，顯然以為警方會接受他提出的要求，還真是不把警察放在眼裡。」草薙咬牙切齒地說。

「因為第一起案子成功，所以就得意忘形了，為了避免歹徒繼續狂妄下去，也要趕快查明到底是用什麼方法引發了那起墜樓意外。」

「知道了。」草薙聽了間宮的指示，幹勁十足地回答，但薰在一旁聽了之後，忍不住感到不安。歹徒提出的要求遭到無視之後，很可能再度犯案。她覺得幾乎不可能在「惡魔之手」再度犯案之前查明一切。

5

首都六號高速公路向島線路況比較順暢，箱崎的交會處沒有塞車，所以他一路經過了駒形和向島。正確地說，是一不小心就經過了駒形和向島，因為沿途並沒有發生他等待的狀況。

男人握著方向盤，頻繁地看向車內和兩側的後視鏡，掌握和周圍車輛之間的位置關係。

他最初鎖定了江戶橋交流道和箱崎交流道之間的路段，那兩個交流道的車流量都很多，連續出現分流和合流，但車速無法放慢，所以很容易發生車禍。

但是他失算了，在緊要關頭，有一輛卡車出現在他的旁邊。裝置的角度並沒有考慮到卡車的情況，所以只能針對機車或是轎車下手。

不必著急。他這麼告訴自己。前面還有很多機會，目前準備前往的堀切交流道就是其中之一。

前幾天他在首都四號高速公路新宿線失手。那輛紅色轎車雖然發生了車禍，撞到了側面的牆壁，但駕駛人只有腰和肩膀受了輕傷，並沒有生命危險。當救護人員趕到時，她的意識也很清楚，可以和救護人員談話。他從無線機中聽到了這一切。

交通流量高、車速快、有好幾條車道交會的地方容易發生死亡車禍——基於這些考量，他選擇了今天的路線，而且這條路線上有好幾個車禍多發路段，即使錯失了一個機會，也很快就可以等到下一個機會。

警方似乎無意公佈「惡魔之手」一事，目前並不知道他們以為自己是在虛張聲勢，還是根本不相信「惡魔之手」的能耐，但無論是哪一種情況，只要自己引發第二起事件，警方就不敢再悶不吭聲了。如果他們再不吭聲，自己就會繼續出招。

車子經過了堤通，不一會兒，右側出現了道路，那是中央環狀線的內環車道。

他熟練地操作方向盤，進入了車道，車輛數目立刻增加了。往東北道的車子接連從左側駛入，他將車子駛入了中間的車道。繼續往前行駛，就可以通往常磐道。

他找到了第一輛車。那是車身稍高的輕型小客車，行駛在最左側的車道，應該要上東北道。

他調整了油門，駛到輕型小客車旁，瞥了一眼駕駛座，發現是一個乾瘦的老人，車上沒有其他人。

他再度操作了那個開關，握著方向盤的手心冒著汗。

過了一會兒，他再度看向旁邊的車道，發現老人搖著頭。

奏效了，當他這麼想的同時，響起了電子聲。他踩了油門，轉眼之間，就和鎖定的那輛輕型小客車拉開了距離，那輛車子出現在後視鏡中。

下一剎那，輕型小客車大幅度蛇行，然後駛離了車道。

後方快速駛來的卡車用力按著喇叭，接著踩了煞車。

但已經來不及了。被卡車撞到的輕型小客車被彈了出去，用力撞到了左側的防護牆。他從後視鏡中目擊了整個過程，前後只有兩、三秒的時間。

他笑了起來。當他真正覺得好笑的時候，都會無聲地笑。

他的車子快速駛入了常磐道。

機會難得，乾脆開車去兜風——他打開了汽車音響，播放了喜愛的音樂。

湯川抬頭仰望著大樓的鋼骨構架，被光線刺得瞇起了眼睛。他臉上的表情很嚴肅。

「是從這棟大樓的最上面墜落嗎？那應該馬上沒命了吧。」

「聽說幾乎是當場死亡，甚至來不及送去醫院。」薰說。

「這個姓上田的人，從什麼時候開始來這個工地上班？」

「從上上週開始，工地僱用他來擦防鏽漆。」

「他在意外發生之前也一直在上面工作嗎？」

「好像是這樣，聽說他從意外發生的三天前，開始在最高的位置擦油漆。」

「也就是說，兇手能夠在事先就知道這棟大樓有人不繫安全繩作業。」湯川指著上方說。

「沒錯。」薰抬頭看著大樓的鋼骨構架說，「但在下面應該看不到。」

「的確是這樣。」湯川原地轉了一圈，打量周圍後，指著遠方說：「那棟建築物呢？好像可以去頂樓。」

那是一家巨大的超市，屋頂是停車場。

「我們去看看。」薰走向停在路旁的Pajero越野車。

來到頂樓的停車場，兩個人下了車。湯川面對正在建造的大樓伸出手臂，豎起了大拇指。

「你在幹什麼？」

「在測量距離。」

「啊？」

「我的眼睛到右手大拇指的長度大約七十公分，大拇指的長度約六公分。像這樣看的時候，大拇指的長度和大樓一個樓層的高度一致。」湯川閉起一隻眼睛，讓大拇指和大樓的鋼骨構架重疊。「以一樓的高度大約三公尺來計算，這裡到大樓的距離大約是三十五公尺。」

薰打量著物理學家的臉。

「我第一次看到有人在日常生活中這樣運用數學。」

「這不是數學，而是算術。小學的教科書上就已經有比例的內容了。」湯川很乾脆地說，抱起了雙臂，「從這裡應該可以看到工人工作的情況，只要用望遠鏡，也可以瞭解有沒有繫安全繩。」

「但這麼遠的地方，要怎麼讓人墜樓呢？」

湯川再次對著大樓伸出手臂，用手指比出手槍的形狀。

「以前曾經發生過用雷射筆瞄準棒球場投手丘上的投手眼睛的事件，如果只有三、四十公尺的距離，市售的雷射筆就可以搞定了。」

薰倒吸了一口氣問：

「你是說，兇手用雷射瞄準正在高空作業的被害人嗎？」

「有這個可能。」

「的確有這種可能，眼花的時候就會重心不穩。」薰一口氣說道。她覺得就像是在很長的隧道中，終於看到了微光。

但是，湯川一臉不滿的表情。

「怎麼了？我覺得這種假設很合理。」

「應該不是這樣。」湯川搖了搖頭，「我之前曾經聽說，經驗豐富的工人具備獨特的直覺，那是靠漫長的歲月培養起來的直覺。死亡的油漆工之所以沒有繫安全繩，是因為他有相當的自信。這樣的人即使一時眼花，也不可能墜樓。還有另一點，」湯川豎起了食指繼續說道，「我上次也說了，歹徒自認為是科學家，既然這樣，一定會使用獨特的方法，而不是使用市售的雷射筆。」

「那到底使用了什麼？」

「對遠距離的人產生影響的方法……嗎？雷射是光，如果不是光，有可能是電磁波，或者……」湯川閉上了嘴，沉浸在思考的世界中。

物理學家沉思了很久。薰把他送回了大學，把車子停回家裡之後，回到了警視聽。

「情況怎麼樣？」草薙用充滿期待的聲音問。

薰默默搖了搖頭，草薙愁眉苦臉地抓了抓頭。

「就連湯川也束手無策嗎？」

「今天有沒有發生死亡意外？」

「還是以車禍佔大部分，總共有一百一十九起，目前還沒有死亡車禍，但有一起車禍很不妙。有一輛輕型小客車在堀切交流道發生車禍，開車的男人身受重傷，目前失去了意識。」

「車禍的原因呢？」

「目前認為很可能開車的人打瞌睡，有好幾個人目擊，輕型小客車在發生車禍前曾經蛇行。」

「如果是這樣，似乎和『惡魔之手』沒有關係。」薰在椅子上坐了下來。

「對了，妳有沒有問湯川那件事？」

「那件事？你是說催眠術的事嗎？」

「對。」

「我問了，他說他對這方面的事不熟悉，所以無法表達意見，他還說，即使能夠隨心所欲地操控他人的催眠術真的存在，應該也和這次的事件無關。」

「為什麼？」

「因為意外發生時，歹徒甚至不知道被害人的名字。如果歹徒知道他的名字，一定會寫在犯罪預告中。雖然在犯罪聲明文中曾經提到，但很可能是參考了報紙的報導。如果兇手曾經接近被害人，而且是可以用催眠術催眠對方的距離，當然會問出名字——以上就是湯川老師的推理。」

「有道理，的確是這樣。」草薙撇著嘴問：「他有沒有嘲笑我，竟然想到催眠術這種事？」

「不，他很佩服。」

「佩服？為什麼？」

「他說你比以前的想像力豐富了，還說你的腦筋可能不再像以前那麼死板了。」

「是喔，真是不敢當，下次見到他時，記得告訴他，聽到他的誇獎，我感到很榮幸。」草薙轉過椅子，背對著薰。

男人正在看早報的社會版，當他發現要找的報導時，立刻激動起來，但看了內容之後，忍不住咂著嘴。

報導的內容如下：

二十六日下午五點左右，首都高速公路中央環狀線內環道的堀切和小菅路段，發生了一起輕型小客車和大卡車等四輛車相撞的連環車禍，輕型小客車被撞得面目全非，從車上救出的男子身受重傷，陷入了昏迷，卡車司機受了輕傷。

男人看向電腦螢幕，螢幕中顯示了一篇已經完成的文章，接下來只要列印就好。但他覺得現在還不到列印這篇文章的時候。

沒關係——他得意地竊笑著。只是將樂趣延後而已，並沒有大礙。

真想親眼看看那個卑劣的物理學家看到這篇文章時，臉上會露出怎樣的表情。他發自內心這麼想。

6

薰和草薙一起走進研究室，湯川皺著眉頭，抱著雙臂在等他們。他正在放了電腦的桌前。

「你說的信呢？」草薙問。

「在這裡。」湯川說完，拿起了放在桌上的信，那封信折成細長形。

草薙站著打開了信，薰也探頭看信的內容：

你好。因為又要找你幫忙，所以提筆寫了這封信。和上次一樣，不是什麼困難的事，只要去某個網站就好。

我相信你看了之後就知道，那是某職棒球隊官網上的留言區，希望你看一下這個月二十五日，有一個用「蛇行駕駛人」暱稱的人留言。偵查員會像上次一樣來找你，你給他們看這則留言就好。

拜託囉。

惡魔之手

「蛇行駕駛人……嗎？」草薙嘀咕，「你看了留言區嗎？」

「就是這個。」湯川指著電腦螢幕。

螢幕上顯示了某職棒球隊的球迷留言，在二十五日的晚上，的確有一個暱稱是「蛇行駕駛人」的人留了言，留言的標題是「請各位也多加注意」。

請各位也多加注意　蛇行駕駛人　二十五日二十點十八分

昨天的比賽很精采，日後也值得期待。

勝利的那一刻，我在首都高速公路上開車，行駛在堀切交流道和小菅交流道之間，因為實在太激動，雙手差點鬆開方向盤，所以邊開車邊聽廣播的人要注意。明天二十六日，我也會行駛在相同的路段，得格外小心。

草薙轉頭看向薰，當他們視線交會時，她點了點頭。

「果然是犯罪預告嗎？」湯川問。

「沒錯，股長剛才給我看了這個，這是今天早上寄給課長的信，所以我們才會聯絡你。」草薙遞給湯川一張紙。

薰已經和草薙一起看過了那封信，所以知道信的內容。

警視廳各位親愛的女士、先生：

惡魔的手又表演了一次。二十六日下午五點左右，名叫石塚清司的人在首都高速公路上發生了車禍，那是我的傑作。我和上次一樣，事先預告了這件事，你們可以去找Y副教授，他會告訴你們，我在哪裡寫了預告內容。

惡魔之手　第二排C行78

湯川抬起頭問：

「真的發生了這樣的車禍嗎？」

草薙點了點頭說：

「的確發生了，二十六日，在堀切交流道和小菅交流道之間，有一輛輕型小客車衝撞牆壁。開車的男子在昏迷的狀態下被送去醫院，但最後死了。」

「那裡是車禍多發地段嗎？」

「的確很多，但每年並不會發生多起死亡車禍。」

湯川蹺著腿，像羅丹的雕像一樣托著下巴。

「如果是這樣，應該就不是巧合，必須認為歹徒以某種方式參與了這起車禍。」

「問題就在於這起車禍完全沒有任何可疑的地方。目擊者證實，輕型小客車突然開始蛇行，被後方的卡車撞到之後，用力衝向牆壁。也就是典型的開車打瞌睡的模式，負責處理車禍的員警也懷疑卡車司機沒有密切注意前方路況，進行了仔細的調查，仍然沒有發現任何疑點。小客車上除了駕駛人以外沒有其他人，駕駛人也沒有喝酒，車子也沒有遭人動手腳的痕跡，無論怎麼看，都是單純的車禍。」

「如果是這樣，就無法解釋為什麼會有這個犯罪預告。」湯川指著電腦螢幕說，「上次的墜樓意外，之後有什麼新發現嗎？」

「目前已經查明，被害人之前從來不曾從工地墜落，也從來沒有差一點失足的情況。」草薙回答。

「所以歹徒成功地讓獨自在高處工作的資深工人墜樓，也讓正在開車的駕駛人無法控制方向盤。原來是這樣，難怪會自稱擁有『惡魔之手』。」

「高層在收到第二封犯罪聲明文時慌了手腳，既然還有犯罪預告，就無法再忽略了。湯川，拜託你，無論如何都請你協助我們查明『惡魔之手』到底是誰，敵人明顯是在向你挑戰。」

湯川攤開雙手說：

「挑戰我有什麼意義？罪犯只要向警方挑戰就好，即使贏了我，也沒有任何獎品。」

「即使你這麼說，這個歹徒確實想和你一較高下，否則不會大費周章，特地通知你寫了犯罪預告的留言區。歹徒做這一切，就是為了把你扯進來。」

「也許是這樣，但這樣讓我很困擾……」湯川注視著電腦，「歹徒這次也用網路嗎？」

「目前已經查到，歹徒上次是在池袋的一家網咖登入網站寫犯罪預告，」草薙說，「那家店不需要身分證也可以入內消費，所以很難查到歹徒的身分。雖然分析了監視器，但目前並沒有掌握到任何線索。」

「歹徒這次使用同一家店的可能性很低，因為歹徒不至於這麼大膽。只不過太奇怪了，歹徒為什麼堅持用網路的方式……」湯川露出了沉思的表情，然後突然挺直身體問：「你剛才說，車禍是二十六日發生，今天是幾日？」

「三十日。」薰回答。

「歹徒是在昨天二十九日寄出犯罪聲明文，也就是說，在犯案後三天才寄。歹徒在這段期間做了什麼？為什麼沒有馬上寄出？」

「聽你這麼一說，的確太奇怪了。上一次是在二十日犯案，在二十二日就收到了信，所以歹徒隔天就寄了。」

「歹徒可能剛好不方便。」草薙說，「那個王八蛋應該也有工作，可能因為工作的關係沒有時間寫信、寄信吧？」

「不，應該有寫信的時間。歹徒在二十五日夜晚用電腦在網路的留言區留言，不可能有時間寫犯罪預告，卻沒有時間寫犯罪聲明文。寄信這件事也一樣，無論工作再怎麼忙，應該都不至於沒時間把信丟進郵筒。」

「那倒是。」草薙抓了抓頭。

「這到底是怎麼回事？為什麼歹徒那三天都沒有動靜。」湯川用手摸著嘴巴，看著半空中某一點。

這時，草薙的手機響了。他從懷裡拿出手機，向湯川打了聲招呼說：「不好意思。」然後稍微走到一旁，遮住了嘴，接起了電話。

「啊？你說什麼？」草薙突然大聲說話，「那課長他們說要怎麼處理？……這樣啊……對，已經確認了，果然事先預告了，是職棒球隊的官網……好，我知道了。」

草薙掛上電話後走了回來，他的表情很嚴肅。

「看起來不是什麼好消息。」湯川說。

「事情越來越麻煩了，內海，我們回警視廳。」

「發生什麼事了嗎？」

「那個王八蛋寄信去電視台。」

「啊？」薰叫了一聲，站了起來。

「信中要求電視台去問警視廳有關兩國的墜樓意外和堀切交流道車禍的事，寄信人自稱是『惡魔之手』。」

「那現在要怎麼辦？」

「高層認為，為了避免混亂，也許該搶先召開記者會，無論如何，一定會引起軒然大波。這傢伙真會添亂——喂，湯川，」草薙拿著手機，低頭看著老同學，「我們並不想給你添麻煩，但你應該知道，這次你協助我們，其實也是在幫你自己。」

湯川一臉無法釋懷的表情，但還是很不甘願地點了點頭。

「似乎是這樣，因為這起事件不解決，你們就會一直來這裡。」

「我很期待你的表現，你不是絕對無法原諒把科學作為殺人工具的人嗎？」

湯川聽了草薙的話，眉毛抖了一下，然後對薰說：

「請妳蒐集首都高速公路車禍的所有資料。」

「沒問題。」她回答。

7

「——基於這些情況，我們目前還無法判斷自稱是『惡魔之手』的人所寫的確有其事，還是純粹只是惡作劇。在兩國的墜樓意外發生後，發現有可能並非惡作劇，於是開始調查歹徒如何犯案。就在這個節骨眼，發生了首都高速公路的那場車禍。」

警視廳搜查一課的木村課長板著臉說道，他有一張四方臉，一頭短髮，皮膚黝黑，額頭很寬。

電視中正在播放今天下午召開的記者會錄影畫面。男人連續看了好幾個新聞報導節目，一次又一次看著相同的影片。

「目前還不知道『惡魔之手』是什麼人嗎？」

「目前正在聽取專家的意見，同時展開調查。」搜查一課的課長想要巧妙迴避這個問題。

「你所說的專家，就是一度引起話題的物理學家嗎？」

「我們在辦案過程中，會尋求各個領域專家的協助，並不是指某個特定人士。」

「歹徒寄給電視台的信中提到，之前曾經偵破多起離奇命案的科學家，這次應該也會束手無策，請問關於這一點，警方有什麼看法？」

「並沒有什麼特別的看法。」

在木村嚴肅表情的特寫鏡頭後，男主播出現在螢幕中，男人確認男主播開始播報下一則新聞，用遙控器關了電視，然後在地上躺成了大字。

他情不自禁露出了笑容。

終於成功了。警方承認「惡魔之手」確有其人。不僅如此，而且還公諸於世，這等於證實了「惡魔之手」的實力。

終於走到了這一步。只要自己認真做一件事，就連警察也攔不住，更何況這個社會早就該認同自己的實力。

他坐了起來，走向電腦，打開了文書軟體，雙手輕輕放在鍵盤上。首先打了「警視聽各位親愛的女士、先生」這個開頭，然後開始思考。

問題在於接下來該怎麼辦，怎麼寫才能發揮出最大的效果？要說什麼才能讓世人知道「惡魔之手」的厲害？

他敲打著鍵盤，寫下浮現在腦海中的想法，然後看著螢幕上顯示的內容，嘴角忍不住上揚。他突然覺得人生充滿了樂趣。

警視廳各位親愛的女士、先生：

日前搜查一課課長的記者會太精采了，「惡魔之手」的名字在一夜之間傳遍了日本的大街小巷。我在網路上搜尋了一下，發現已經有超過二十萬筆搜尋結果，似乎也為部落客提供了茶餘飯後的題材，我對此感到滿意。

事到如今，我開始擔心上次在信中提到的冒牌貨問題，你們知道嗎？一些大型論壇上已經出現了自稱是「惡魔之手」的人的留言。

警方應該也不希望不斷出現冒牌貨。

所以我向你們提出忠告，必須妥善保管那張亂數表，亂數表的內容絕對不可外洩。如果你們無法做到，將會為自己帶來無窮的麻煩。日後你們就會知道我這句話的意思。

敬請期待事態的後續發展。

惡魔之手　第五排七行61

草薙嘆著氣，把影印紙放在桌上。他和間宮、多多良一起坐在會議桌前。

「這傢伙得寸進尺，自以為是大明星了嗎？」

多多良忍不住嗤之以鼻。

「聽說電視的談話性節目也都在談論這個話題，算了，這不重要，問題在於你們認為歹徒的目的到底是什麼？」

草薙偏著頭。

「光看信的內容，無法瞭解歹徒在想什麼，只是很在意冒牌貨。事實上，正如信中所寫，網路上的確出現了不少冒牌貨，目前岸谷正在確認。」

「真的是冒牌貨嗎？」間宮問。

「從留言的內容判斷，應該是冒牌貨，只不過不能妄下定論。」

多多良靠在椅子上，蹺起二郎腿。

「這傢伙到底在想什麼？既然已經成功地犯下了兩起案子，我猜想接下來會不會勒索金錢？」

就在這時，響起了敲門聲，多多良說：「請進。」

門打開了，岸谷探頭進來。

「怎麼了？」草薙問。

「四葉不動產總務部的人求見。」

「四葉不動產？有什麼事嗎？」

「這個，」岸谷舔了舔嘴唇說：「他們公司似乎收到了『惡魔之手』的恐嚇信。」

「什麼？」多多良大聲問。

「那有把恐嚇信帶來嗎？」草薙問。

「帶來了，目前等在會客室。」

草薙看著間宮和多多良。

「好，那你們去瞭解一下情況，」多多良對間宮說：「如果是真的，立刻通知我。」

「好。」草薙在回答的同時站了起來。

但是，草薙走去會客室，看到對方出示的恐嚇信，就確信是假的。因為和之前收到的信文體和字體都不一樣，最重要的是，並沒有附上那張亂數表上的數字。恐嚇信中寫到，如果不希望四葉不動產的工地現場發生死亡意外，就準備二億圓現金，還附上一句，收取方式會另行通知。

草薙告訴四葉不動產的總務部長說，那封恐嚇信百分之九十九是假的。

「是嗎？不會搞錯嗎？」總務部長不安地問。

「雖然無法告訴你詳細情況，但有可以明確區分真假的記號，但這封恐嚇信上並沒有這個記號。」

「原來是這樣，聽你這麼說，就感到安心了。」

「應該只是惡作劇，但也可能有人想要搭『惡魔之手』事件的便車做壞事，如果再收到恐嚇信，請通知我們。」

「我知道了謝謝。平時收到恐嚇信不會這麼緊張，但因為上面寫著『惡魔之手』，所以忍不住擔心起來。」總務部長發自內心鬆了一口氣。

總務部長離開之後，間宮嘆著氣說：

「雖然很生氣，但多虧歹徒那個王八蛋寄來了亂數表，如果沒有那張亂數表，剛才那封信就會讓我們忙得半死。」

「歹徒說，一旦對外洩漏亂數表，將會為自己帶來無盡的麻煩，也許就是指這件事。」

「的確，如果接連出現冒牌貨，我們真的會疲於應付。」間宮皺著眉頭，「無論如何，都必須趕快揪出『惡魔之手』，目前有沒有採取什麼措施？」

「內海已經帶去現場察看了。」

「帶去現場？帶誰？」間宮問了之後，馬上想到了答案，深深點了點頭說，「好主意，那就期待佳音。」

「坐在車上，心情真是平靜啊。這一陣子，研究室的電話整天響不停，真是煩透了。」坐在副駕駛座上的湯川說。

「為什麼會有這麼多電話？」

「妳別問這種蠢問題，好嗎？不就是那個名叫『惡魔之手』的歹徒寄了信去電視台嗎？他自認是偉大的罪犯是他家的事，但竟然還說什麼曾經多次解決離奇命案的科學家也投降了，所以那些媒體記者就都說要來採訪，真是傷透了腦筋。媒體人都知道T大的Y副教授是誰。」

「那個圈子的確很小。」

「像我這種程度的物理學者多得是，只是剛好我的朋友是刑警，之前曾經多次提供協助而已，結果竟然就把我視為業餘偵探，造成我很大的困擾。」

「如果下次再遇到類似的情況，請你通知我，我會努力避免影響你的研究，而且你沒必要接受這種採訪。」

「即使不需要妳提醒，我也不會接受採訪。」湯川冷冷地回答。

薰開著Pajero越野車行駛在首都高速公路中央環狀線的內環道，剛才從向島線進入內環道，目前正準備前往小菅交流道。

「這個路段的確具備了容易發生車禍的條件，交通流量高，在很短的範圍內多次分流和合流，也有很多彎道。」湯川看著周圍說。

「你說得對，車禍發生的地點就在前面，就在往東北道的中央環狀線和往常磐道的六號三鄉線快分流的地方。」

湯川忙碌地左顧右盼，最後嘆了一口氣說：

「不可能。」

「什麼不可能？」

「就是上次說的用雷射筆瞄準眼睛的方法，應該不太現實。因為開車時隨時看向前方，歹徒必須把車子開到那輛車子的正前方才能用雷射筆瞄準眼睛。即使有好幾名歹徒，負責雷射筆的人坐在後車座，在車輛之間的位置關係不停改變，要瞄準駕駛人的眼睛根本不可能。雖然可能短暫命中，但因此引發車禍的可能性很低，而且可能會引起瞄準對象的懷疑，搞不好會報警，所以必須排除雷射筆的可能性。」

「如果是這樣，歹徒到底怎麼引發車禍？」

「正因為不知道，我們才來看現場啊——話說回來，這裡的車子還真是多，這麼多車子在路上高速行駛，不慌不忙地變換車道，而且不撞到其他車子本身就像是奇蹟。」

「我之前就想請教，湯川老師，你沒有駕照嗎？」

「我有駕照，因為可以當成身分證使用。」

「但你不開車嗎？」

「我不認為有開車的必要。」

原來只是徒有駕照而已。但薰並沒有把這句話說出來。

車子來到千住新橋的出口附近，薰打了方向燈，變換了車道。

「妳剛才說，堀切交流道是車禍頻傳的地點。」

「對，首都高速公路的官網上也這麼介紹。」

「除了那裡以外，還有其他類似的地方嗎？」

「有啊，我記得光是首都高速公路，就有十幾個。」

「十幾個地方嗎？東京都每天會發生多少起車禍？」

「每天的情況不同，但大致是一、兩百起。」

「首都高速公路呢？」

「我忘了詳細的數字，記得去年一整年的車禍總數好像是一萬兩千起，每天平均是三十多起。」

「原來是這樣，妳知道得真清楚。」

「因為我猜想可能會需要這些數據，所以在出門前查了一下。」

「了不起，難怪草薙這麼倚重妳。」

「草薙先生？有倚重我嗎？」

「因為妳具備了很多他沒有的東西。」

「啊，是這樣嗎？」薰的嘴角忍不住上揚，「比方說呢？」

「比方說，女人特有的直覺、女人特有的觀察力、女人特有的頑固、女人特有的執著、女人特有的冷淡……還要繼續說嗎？」

「不必了，言歸正傳，首都高速公路的車禍數量有什麼問題嗎？」

「妳剛才說，首都高速公路有十幾個車禍頻傳地點，歹徒會不會在好幾個網站的留言區內留言，暗示這些地點會發生車禍？既然每天會發生超過三十多起車禍，留言中提到的地點發生車禍的可能性並不低。二十六日那一天，堀切交流道的確發生了車禍，歹徒就寄了犯罪聲明文給警方，假裝是自己引發了車禍，然後又通知我像是預告犯罪的留言在哪一個網站——妳認為這樣的推理合理嗎？」

「雖然不無可能……所以你認為『惡魔之手』根本不存在，只是歹徒的謊言嗎？」

「我只是說在首都高速公路的那起車禍中，這個推理成立。當然，這個推理無法解釋兩國的墜樓事件。」

「我剛才說，首都高速公路每天會發生三十起車禍，但並不都是重大車禍，幾乎都是沒有造成太大損傷的輕微車禍。事實上，整個東京每天因為車禍喪生的人數可能不到一個人，這次在堀切交流道發生的車禍，在一年中也不會發生幾次，我不認為會剛好發生符合歹徒預告的車禍。」

薰的眼角掃到湯川在副駕駛座上抱著雙臂。

「車禍死亡的人數這麼少嗎？真讓人意外，我還以為會更多。」

「這是警視廳的統計數字，比實際的數字稍微少一些。比方說，像這次在堀切交流道的死亡車禍，在警視廳的紀錄中，並沒有列入車禍死亡的統計數據中。」

「為什麼會這樣？」

「這是警視廳定義的問題，只有在車禍發生後二十四小時以內死亡時，才會列入車禍死亡，這次的被害人在昏迷將近兩天之後死亡，所以不屬於這個定義的範圍。」

原本靠在椅背上的湯川坐直了身體。

「昏迷了兩天?真的嗎?」

「正確地說,是一天又二十小時,怎麼了嗎?」

湯川沒有回答,薰瞄了他一眼,發現他把手伸到眼鏡的鏡片下方,按著雙眼的眼角。

「該不會……是這麼一回事?」

「你想到了什麼嗎?」

「我想要整理一下頭緒,去一個可以喝咖啡的地方。」

「好。」Pajero越野車已經下了高速公路,薰看了汽車導航系統,發現附近有一家家庭餐廳。

「……對,這樣啊,所以是二十九日刊登報導。我知道了,謝謝。」

薰掛上手機,回到了家庭餐廳的餐桌旁,湯川仍然一臉沉思的表情坐在那裡,他面前咖啡杯中的咖啡比剛才她離開去打電話時更多了,應該是他續了一杯。

「我已經確認了,二十九日的早報才報導石塚清司先生死亡的消息。雖然二十七日的早報一度報導了車禍的內容,但當時只提到他身受重傷,陷入了昏迷。之後發展成有人死亡的重大車禍,所以報社在二十九日又進行了後續的報導。」

「兩國的墜樓意外的報導呢……?」

「二十一日的早報。」

湯川滿意地點了點頭。

「這下子解開了疑問，歹徒從報紙的報導中確認之後，才寄出犯罪聲明，這也是為什麼在第二起意外發生後，隔了三天才寄的原因。問題在於歹徒為什麼要這麼做。」

「是不是想知道被害人的姓名？歹徒在犯罪聲明文中都提到了被害人的名字，在二十七日第一次報導時，並沒有刊登詳細的名字。」

「為什麼有這種必要？即使不寫被害人的名字，只要寫引發了什麼什麼意外就足夠了。」

「可能覺得寫名字更有震撼力。」

「是嗎？我不認為這件事值得晚三天才寄犯罪聲明，我認為歹徒在意的是被害人死亡這件事。」

「什麼意思？」

「妳還記得第一次寄來的信的內容嗎？我記得是這樣的內容，『我有一雙惡魔的手，只要用這雙手，就可以自在地埋葬他人，警方會認定被害人是意外身亡』——我沒記錯吧？」

「對，大致的內容就是這樣。」

「歹徒宣稱，只要運用惡魔之手，就可以殺人，而且殺了人之後可以偽裝成意外，所以可能是在確認被害人死亡之後才發出犯罪聲明。」

「所以如果被害人沒死，就不發出犯罪聲明嗎？即使被害人沒有死亡，能夠隨心所欲地引發意外，就已經夠厲害了。」

「不，這樣應該不行。」

「為什麼？」

湯川露齒一笑。

「太有趣了，原來是這麼一回事。我之前一直搞不懂歹徒為什麼執著於網路，搞不好也同時解開了這個謎。」

「什麼意思？請你說明一下。」

「在此之前，我想先請妳做一件事，希望妳調查一下這十天內，在東京都內發生的車禍，地點和狀況尤其重要。」

「十天……所有的車禍嗎？不是死亡車禍而已？」

「可以排除死亡車禍，把其他的車禍列一份清單。」

「湯川老師，我剛才也說了，東京每天發生一、兩百起車禍，十天的話就是十倍。」

「是嗎？有什麼問題嗎？」

你不要認為事不關己就隨便亂提要求——薰把這句話吞了下去。因為湯川是在協助警方辦案。

「沒事，查出車禍發生的地點之後呢？」

「那還用問嗎?當然就是在網路上搜尋。」
「網路?」
這時,薰的手機響了。是草薙打來的。
「有沒有查到什麼?」草薙劈頭就問。
「湯川老師似乎發現了什麼。」
「那真是太好了,那就趕快查明『惡魔之手』的身分,因為發生了傷腦筋的狀況。」
「發生什麼事了?」
「某家企業收到了『惡魔之手』的恐嚇信,更傷腦筋的是,竟然是真的,而且也附上了亂數表上的數字。」
「什麼企業?」
「遊樂園。」

8

東京樂福塔樂園各位親愛的女士、先生:
我是「惡魔之手」,如果你們懷疑我可能是冒牌貨,可以把這封信送去警視廳,搜查一課的人會告訴你們這封信絕對是真的。
我寫這封信給各位,是有一個要求。

但我並不是想要錢。

我要求從下週一開始休園一個星期，禁止東京樂福塔樂園接待遊客，當然也禁止點燈和播放音樂。

如果對我的要求置之不理，「惡魔之手」就會對造訪東京樂福塔樂園的遊客下手。我相信各位應該知道，就連警察都無法阻止我，他們甚至搞不清楚「惡魔之手」是什麼。

奉勸你們為了自身的利益，乖乖聽從命令。

惡魔之手　第四排D行13

薰看完恐嚇信後抬起了頭，坐在會議桌對面的草薙嘆了一口氣。

「似乎是今天寄到遊樂園辦公室，信封和信紙都和之前寄到警視廳的相同，列印的印表機也是同一台，當然留下的數字也和亂數表上的數字相符，所以可以確定是本尊寫的。」

「有沒有告訴樂福塔樂園這件事？」

「當然告訴了他們，負責的窗口嚇壞了。因為媒體整天都在報導『惡魔之手』，而且冒牌的恐嚇信層出不窮，結果收到了真的恐嚇信，任何人都會嚇得臉色發白。」

薰點了點頭，冒牌的「惡魔之手」的確在網路世界橫行猖獗，前幾天還有人用「惡魔之手」的暱稱，在網路論壇中預告，要炸掉一所中學。最後查明是那所學校的學生用自家的電腦寫了那則留言，警方循線找到他時，他若無其事地說，他覺得只要自稱是「惡魔之手」，大家就會感到害怕。

為了解決這些冒牌貨引起的問題，搜查一課的木村課長日前再度召開了記者會，告訴民眾，警視廳有方法分辨「惡魔之手」的真偽，所以冒牌貨的惡作劇行為毫無意義，只不過這場記者會並沒有發揮太大的效果。

「所以他們要怎麼辦？真的要休園嗎？」

「目前樂福塔樂園的高階主管正在開會討論，但看他們的態度，應該會聽從歹徒的要求。」草薙咬著嘴唇，「因為萬一遊客發生意外，遊樂園方面一定會遭到輿論的抨擊。」

「歹徒和樂福塔樂園有仇嗎？」

「考慮到有這種可能，所以已經派弓削他們去了總公司。」間宮說。弓削也是間宮的下屬，目前和草薙一樣，都是主任。

「我倒是持保留的態度，休園一週，的確會對遊樂園造成很大的損失，但如果是要洩憤，似乎太手下留情了。」草薙偏著頭說。

「那歹徒的目的是什麼？為什麼要求遊樂園休園一週？」

「正因為不知道，所以才會這麼傷腦筋啊。」草薙抓著頭，「湯川有辦法破解謎團嗎？」

「現在還說不準，但他要我調查一些事。」

「他要妳調查什麼？」

「他要我把這十天內，東京都內發生的車禍的地名作為關鍵詞，在網路上搜尋。歹徒在留言區寫了犯罪預告，卻因為被害人沒有死亡，所以沒有寄出犯罪聲明文——他認為一定有這種情況。」

男人醒過來後，首先看了枕邊的時鐘。上午十點多。昨晚喝酒到深夜，所以腦袋有點昏沉。從一年前開始，他不喝醉酒就無法入睡。

他爬出被子，拿起放在桌上的望遠鏡來到窗邊，深呼吸了一下，拉開了窗簾。遠方可以看到遊樂園的摩天輪。他舉起望遠鏡，調整焦點，凝視著摩天輪的車廂，最上面是一個藍色車廂。

他持續看了二十秒，但車廂的位置沒有改變，藍色車廂一直停在最上方。

他把望遠鏡丟到一旁，打開了桌上的電腦，上網來到一個官網。

螢幕上出現了剛才看到的摩天輪照片，以摩天輪照片為背景，寫了一段文字。

道歉啟事

本園因維修設備之需，即日起暫時休園。

造成各位遊客諸多困擾，敬請諒解。

重新開園日期將於本官網公告。

東京樂福塔樂園

男人看到這則公告，終於忍不住笑了。他在榻榻米上躺成了大字，無聲地笑了起來。

成功了。我成功了。誰都怕我，沒有人敢違抗我——

9

靡靡之音　陶醉的駕駛人　二十二日二十點十三分

我也看了昨天的節目，優美的歌聲著實令人感動。

我在開車時也會聽她的CD。

明天二十三日，我會在首都高速公路四號新宿線上行車道靠近代代木休息區時，用大音量播她的歌。剛好路過的駕駛人小心不要因為太陶醉在歌聲中而造成車禍。

間宮看完列印在紙上的這段文字後抬起頭，草薙問他：「怎麼樣？」

「的確很像之前的留言風格。」間宮說，「這是在哪裡找到的？」

「據說一名年輕女歌手的後援會網站。」

「竟然可以找到這種網站上的留言。」

「聽內海說，她花了整整兩天的時間。」草薙苦笑著，但內心很佩服她的毅力和執著。

湯川指示她用發生車禍地點的地名作為關鍵字，在網路上搜尋，以便找出歹徒失敗的案例。

草薙想起內海向他說明的情況。

「歹徒會在網路的留言區內寫下犯罪預告，然後隔天付諸行動，但未必每次都成功。萬一失敗，應該就不會把犯罪聲明文寄給警方，也不會告訴湯川老師哪裡有犯罪預告。問題在於怎麼算是失敗？如果無法引發車禍，對歹徒來說當然是失敗，但從歹徒寄犯罪聲明文的時間點觀察，歹徒似乎認為即使發生了車禍，如果被害人沒有死亡，就視為失敗。因為歹徒顯然在媒體有死亡報導之後再寄聲明文。既然這樣，很有可能有某些車禍因為被害人沒有死亡，所以歹徒沒有寄出聲明文，在這種情況下，犯罪預告就會留在某個留言區。」

內海薰根據這個假設，在網路上搜尋了最近十天發生的車禍相關的關鍵字。首先鎖定了在首都高速公路上發生的車禍進行調查，這個決定完全正確。二十三日下午，首都高速公路四號新宿線的上行車道曾經發生一起年輕女子駕駛的小客車撞到側壁的車禍。於是，內海薰用「首都高速公路四號」、「新宿線」、「駕駛」、「代代木休息區」、「二十三日」等關鍵字在網路上搜尋，結果就找到了間宮剛才看的那則留言。

「因為車禍很輕微，開車的年輕女性也只受了輕傷而已。」草薙說。

「歹徒為什麼這麼拘泥於被害人死亡這件事？」間宮感到不解。

「這就是關鍵，湯川認為這很可能就是『惡魔之手』的弱點。如果被害人沒有死，很可能知道『惡魔之手』的某些情況。」

「是嗎？如果能夠向這種被害人瞭解情況，也許可以掌握什麼線索。」

草薙聽了間宮的話，笑著點了點頭。

「內海目前正在瞭解。」

天邊恭子的公司位在日本橋，她是這家家具裝潢公司的室內設計師。

她在平時接待客人的會客大廳內顯得有點緊張。因為警視廳的人突然來公司找她，她當然會感到緊張，而且她原本似乎以為薰旁邊的男人也是刑警，當向她說明是物理學家時，她瞪大了眼睛，然後眨了好幾次。

「天邊小姐，妳在二十三日那天曾經發生車禍，我們想請教妳有關車禍的事。」

天邊恭子聽到薰這麼說，眼神不安地飄忽起來。

「我都已經全部說清楚了……」

「我知道，我們想在這個基礎上請教妳一些事。不會因此對妳有新的罰則，所以請妳放心告訴我們詳細的情況。」薰努力擠出笑容說。

「喔。」天邊恭子不置可否地點了點頭。

薰向湯川使了一個眼色，暗示要把接力棒交給他。

「根據警視廳的紀錄，妳在開車時突然感到頭暈，可以請妳說得更具體一些嗎？」湯川開了口，「請問是哪一種類型的頭暈？」

「你問我是哪一種頭暈，我也……」天邊恭子為難地垂下眉毛，「就是天旋地轉的感覺，整個人好像要倒下來，所以不知道方向盤要怎麼打，但又不能緊急踩煞車。當時很著急，覺得必須趕快把車子開穩，結果就撞到了牆壁。」

「妳之前曾經遇過這種情況嗎？」

天邊恭子用力搖頭說：

「以前從來沒有發生過這種情況。車禍發生之後，我去醫院檢查了一下，醫生也說沒有任何異常，我可以給你們看診斷證明。」

湯川露出了苦笑。

「我們並沒有懷疑妳隱瞞了什麼疾病繼續開車，所以，那次是妳第一次有這種症狀嗎？」

「沒錯。」

「在出現那種症狀之前，妳有沒有吃什麼東西？」

「沒有，我什麼都沒吃，也沒有喝酒。」

「症狀只有頭暈而已嗎？還有沒有其他異狀？」

「除了頭暈以外，還有耳鳴。」

「耳鳴？」

「在頭暈之前，就開始耳鳴。耳朵突然聽不到了，然後耳朵深處傳來嗡嗡的聲音。」不知道她是否回想起當時的感覺，她不悅地皺起了眉頭。

「聽起來有點像梅尼爾氏症。」湯川說。

天邊恭子坐直了身體，點了點頭說：

「醫院的人起初也這麼說。」

「但檢查結果顯示並不是梅尼爾氏症吧？」

「對，醫院做了很詳細的檢查，最後說可能是因為壓力或是其他原因造成暫時出現這樣的症狀。」

「之後有沒有再出現過同樣的症狀？」

「沒有，但我因為被嚇到了，所以都沒有開車。」

「這樣比較好。」湯川看著薰，點了點頭，似乎代表他已經問完了。

他們向天邊恭子道謝後，一起離開了她任職的公司。

「有沒有發現什麼？」來到馬路上時，薰問湯川。

「抓到了一點頭緒，問題在於要怎麼證明……」

「那可不可以請你先把頭緒告訴我？」

「不，目前還是很不充分的假設，再給我一點時間。」

薰著急地搖了搖頭。

「老師，你知道嗎？『惡魔之手』這個星期又寄了三封恐嚇信，導致演唱會和節慶活動停辦，馬拉松比賽延期，歹徒得寸進尺，以為只要報上『惡魔之手』的名字，就沒有人敢違抗。我們不能坐視這種情況繼續發展下去。」

「演唱會、節慶活動和馬拉松嗎？上次好像是遊樂園，歹徒似乎很不喜歡看到別人開心，顯然個性很陰沉。」

「現在沒時間聊這種事，歹徒之後的要求一定會越來越離譜，早晚會要求贖金。湯川老師，這並不只是研究而已，請你——」

「誰說這只是研究而已？」湯川的雙眼在眼鏡後方露出銳利的眼神，「我發自內心鄙視這次的歹徒。雖然不知道他為什麼對我產生了敵對心理，但竟然殺害了兩個無辜的民眾，好像在玩遊戲一樣，對因此造成的恐嚇效果樂在其中。我絕對無法原諒這種人，無論如何都要把這個人揪出來，為自己犯下的罪行付出代價。所以……」

他對薰露出了柔和的微笑。

「再給我一點時間，別擔心，不會讓妳等太久。」

薰注視著他的眼睛，默默點了點頭。

10

男人正在電腦前，連上網路後，他想要瞭解各種資訊。

他逛網路只有一個目的，就是為了尋找下一個目標。

他認為「惡魔之手」目前的力量神通廣大，只要用這個名字恐嚇，任何企業都只能束手就擒，任何人都會對他言聽計從。

有一個炒股票的論壇中有人猜測，「惡魔之手」的目的是想要靠股票賺錢。比方說，把某家企業的股票賣空之後，再放出「惡魔之手」恐嚇那家企業的消息，股票當然就會下滑，然後再把股票買回來，就可以賺一大票。

原來還有這種方法。男人覺得大開了眼界，他之前從來沒有想過要靠「惡魔之手」賺錢。

以後也沒有這種打算。

他追求的是名譽，原本就該屬於他的名譽。他目前最大的心願，就是向世人展現自己真正的能力。

根據媒體的報導，目前除了警方，政府首腦也為「惡魔之手」傷透腦筋。他覺得太愚蠢了，那些只懂得文科學問的人根本不是「惡魔之手」的對手。

乾脆來恐嚇政府——他的腦海中閃過這個念頭。政治人物和官員的薪水都減半。六十歲以上的議員統統開除。也許可以威脅政府，一旦不聽從指示，每天會用「惡魔之手」埋葬一名國民。

男人露出了苦笑。這未免太荒唐了。那些傢伙根本不可能聽從這樣的指示，因為政客和官員根本不在乎國民的生命。

還是恐嚇企業比較好。如果企業無視恐嚇，結果造成人員犧牲，企業形象就會一落千丈，如果犧牲者是該企業的消費者或是使用者，效果就更加理想。

男人注視著電腦螢幕操作滑鼠。哪一家企業適合成為恐嚇的對象呢？最好是目前受到矚目的企業，恐嚇起來更過癮。

他決定尋找網路上的熱門話題。看到了一排話題新聞。

他的視線被一篇文章的標題吸引。因為標題中有「惡魔之手」幾個字。「傳說中的物理學家認為，『惡魔之手』不值得害怕。」他立刻點了這篇文章。

自稱是「惡魔之手」的不明人士連續引發了多起恐嚇事件，導致演唱會、表演等節慶活動取消，日前的馬拉松比賽也臨時取消，而且最近發現，東京樂福塔樂園也是因為遭到「惡魔之手」的恐嚇決定休園。目前警方似乎並沒有任何有效對策。能夠隨心所欲引發死亡意外的「惡魔之手」不明真身令人聞風喪膽，但日後面對「惡魔之手」的恐嚇，只能屈服嗎？在採訪曾經協助警視廳偵辦多起離奇命案的T大學物理系Y副教授之後，得到了意想不到的答案。

「面對恐嚇只能屈服的態度毫無意義。因為根據到目前為止的調查後發現，『惡魔之手』能夠在特定地點引發意外，卻無法讓特定對象意外身亡。雖然歹徒在犯罪聲明文中提到了被害人的名字，但明顯是從媒體的報導中得知。也就是說，歹徒根據不知道對方是誰，就動手殺害了對方，並不是刻意無差別殺人，而是只能無差別殺人。從這個角度來說，『惡魔之手』和炸彈客、縱火犯沒什麼兩樣。之前也有炸彈客和縱火犯恐嚇企業，遇到這種情況時，最好的方法就是徹底加強警戒。這也是我認為屈服於『惡魔之手』的恐嚇毫無意義的原因。」

原來「惡魔之手」並沒有能力鎖定特定的個人。回想起來，至今為止所公佈的犯罪預告中，的確都不曾提到被害人的名字，只寫了日期和地點而已。原來如此，既然這樣，的確可以把「惡魔之手」視為和炸彈客、縱火犯沒什麼兩樣。

最後，記者請Y副教授推理了「惡魔之手」到底是怎麼回事。

「應該只是單純的傳統科學而已，和防範炸彈客、縱火犯一樣，最重要的是必須注意周遭的可疑物品和可疑人物。」

原來如此，看來「惡魔之手」並沒什麼好怕。

男人緊握著拳頭，然後用拳頭敲打著桌子。桌上的筆電微微彈了一下。

單純的傳統科學——這句話傷害了他的自尊心，簡直就像在他的怒火上澆油。

既然這樣，那就別怪自己手下不留情了。明明對「惡魔之手」一無所知，卻說出這種侮蔑人的話，絕對不能原諒這種人。更何況是那個男人，一定要給他一點顏色看看。

男人站了起來，抱著雙臂在房間內踱步，然後停下腳步，走向書櫃，從書櫃中拿出一個資料夾。

資料夾上寫著「超高密度磁性記錄中磁致伸縮相關研究」的題目。

在講台上發表這篇論文的情景就像昨天才發生般歷歷在目。在場的所有人都用帶著期待和懷疑的眼神看著講台上年輕的研究人員，螢幕上接連展現了讓那些腦筋死板的傢伙目瞪口呆的研究成果，他自信滿滿地逐一解說，說話的聲音也洪亮有力。

論文發表很順利，他確信自己獲得了勝利，那一剎那，他認為自己開拓了通往未來的路。

接下來是提問時間，都是一些意料之中的問題、乏善可陳的問題和不著邊際的問題。面對這些問題，他不慌不忙，沒有絲毫的動搖，用通俗易懂的方式精確回答，不時在內心蔑視發問的人。

接著聽到主持人問，還有其他問題嗎？

怎麼可能有什麼問題？正當他這麼想的時候，後方有人舉起了手。那隻手很長。一個男人站了起來，報上姓名之後向他發問。

聽到那個男人問的問題，他立刻慌了神。因為男人發問的內容完全出乎他的意料。他一改之前流利的應答，結結巴巴、吞吞吐吐，回答時的語氣完全透露出內心的慌亂，而且他比任何人都清楚，聽眾對他回答的內容根本不滿意。

提問的男人並沒有繼續追問，這件事更傷害了他的自尊心。因為他覺得對方只是同情自己這個不成熟的研究人員，決定放自己一馬。

當他走下講台時，完全沒有勝利的感覺。區區一個問題，就關閉了他通往燦爛未來的門。

就是那個瞬間。他這麼想。

就是那個瞬間，自己的一切完全變了調，漸漸偏離了原本的軌道。當他回過神時，發現自己走向完全不同的方向，那是自己原本完全不期待的路。

即使如此，他仍然持續努力成為勝利者，相信總有一天會迎接光明燦爛。

然而，這一天終究沒有出現，他甚至失去了最後的珍寶由真。

必須報一箭之仇——

他重新坐在電腦前，輸入了「帝都大學」幾個字搜尋，立刻找到了帝都大學的網頁，他點進了網頁。

二十分鐘後，男人得知了一個消息。他單手寫了下來，無聲地笑了起來。

薰敲了敲門，不等對方回答就打開了門。因為她剛才從電話中得知，湯川在研究室。

他坐在電腦前敲打著鍵盤。

「你這是什麼意思？」薰用強烈的語氣對著湯川的後背問。

他轉動椅子，面對著薰。

「剛才通電話時就發現，妳今天心情好像很差。」

「你為什麼要那麼做？」

「做什麼？」

「你不要裝糊塗，你之前不是說，不會接受採訪嗎？為什麼網路上會有那篇報導？」

「妳也看了報導嗎？」

湯川悠然的語氣把薰惹火了。

「當然啊，草薙先生也很生氣，要我來問清楚到底是怎麼回事。」

「我覺得你們沒有理由來向我抱怨，原本就是因為你們的疏失，才會讓媒體知道我的身分，結果有很多媒體要求採訪，我在無可奈何之下，接受了其中一家媒體的採訪，你們有什麼理由為這件事責備我？」

「既然這樣，請你在接受採訪前和我們討論一下。我向你提供了事件相關的許多資料，你擅自向媒體公佈根據這些資料推理出來的事也未免太犯規了。」

湯川似乎被薰的氣勢嚇到了，微微皺著眉頭不再吭氣。

她嘆了一口氣。

「這到底是怎麼回事？你之前不是很討厭接受採訪嗎？為什麼又突然願意了？」

湯川露出了笑容，那個表情就像是惡作劇被發現的孩子，然後很快恢復了嚴肅的表情，注視著薰。

「這個週末，想請妳陪我去一個地方。」

「去哪裡？」

「這所大學在葉山也有研究機構，我打算在那裡重現『惡魔之手』。」

薰瞪大了眼睛。

「所以你終於知道『惡魔之手』的真面目了嗎？」

「目前還無法斷言，所以需要實驗。」

「那我也找鑑識課的人一起去，還是找科搜研的人比較好？」

湯川搖了搖頭說：

「還不到這麼大張旗鼓的階段，妳一個人陪我去就好，我會向草薙說明情況。」

湯川雙眼露出了嚴肅的眼神，他似乎對建立在假設基礎上的實驗很有自信。

「好。」薰回答說。

11

星期六上午十一點，薰來到研究室，看到湯川一身西裝在等她。她瞪大了眼睛問：「這身衣服是怎麼回事？」因為她覺得湯川這身西裝並不適合做實驗。

「因為總不能穿著白袍去葉山，我自認為是有修養的社會人士。」

「喔，那倒是。」

湯川手上拿了一個大旅行袋。

「實驗器材只有這些嗎？」薰問。

「這只是其中一部分而已，大部分已經裝上車了，走吧。」

湯川拎著旅行袋快步走出研究室，薰慌忙跟了上去。

一輛客貨兩用車停在大學的停車場，一個紙箱放在副駕駛座上，而且繫上安全帶固定。

「這是什麼？」

「這是測量儀器。」湯川在回答的同時打開後方的車門，把鑰匙交給薰之後坐上了車，「因為是很精密的儀器，所以要放在那裡，這樣沒問題吧？」

「沒有問題，那我開車時會盡量避免晃動。」

「不必這麼神經質，只要像平時一樣開車就行了。」

「我知道了。」

薰發動了引擎，把車子開了出去。湯川已經告訴她去葉山的研究機構要怎麼走，她決定從灣岸線駛入橫濱橫須賀道路。

「那裡有協助你實驗的人手嗎？還是由你一個人做實驗？」

「基本上——」湯川故弄玄虛地停頓了一下，又繼續說：「由我一個人做實驗，妳只要協助我就好。」

「我嗎？」薰差一點沒握住方向盤，「不可能，不是我在吹噓，我從小就很不會做自然實驗，全班只有我一個人的石蕊試紙沒有變色。」

「石蕊試紙？那是什麼實驗？」

「我不記得了，反正我不行。」

「別擔心，妳只要按我說的去做就好。」

「這……」

她握著方向盤的手心冒著汗，當然不是因為開車造成緊張。

高速公路上並沒有太多車子，天氣晴朗，視野也很好。

「老師，你認為這次的歹徒到底有什麼目的?雖然到目前為止，並沒有勒索金錢。」

「不知道，我說了好幾次，我對歹徒的動機沒有興趣。」

車子經過了大井南，越過了京濱大橋。前方就是機場北隧道，經過隧道之後，就是機場中央出口。

「但是，」湯川繼續說道，「我認為歹徒想要向社會大眾誇示自己的能力，之所以要求遊樂園休園、音樂會和節慶活動停辦，都是因為認為這樣可以展現『惡魔之手』的影響力。」

車子穿越了機場北隧道，薰看到左方出現了機場中央出口的標識，行駛在正中央的車道上。這裡有三個車道，道路寬敞，開起來很輕鬆。這時，她從後視鏡中看到後方有一輛白色廂型車逼近，車速相當快。

「你認為歹徒的目的就是要展現影響力嗎？」

「有這個可能，也許歹徒認為自己懷才不遇。」

「只因為這個原因，就引發這麼重大的事件嗎?果真如此的話，這個人真的很陰沉。」

「這不是開朗或是陰沉的問題，而是容不容易受傷的問題，科學家經常受到傷害。」

車子駛入了多摩川隧道，周圍車子的車速都很快，有的車子頻繁變換車道，感覺有點危險。薰打開了車頭燈。

「老師，你也曾經受過傷害嗎？」

「當然啊。」

「是喔，當時是怎麼——」

薰原本打算問湯川「當時是怎麼療傷的？」，但她突然聽不到自己的聲音，鼓膜好像塞住了。

當她回過神時，發現剛才那輛廂型車正和自己的車子並排行駛，那裡傳來奇妙的聲音。是低音。內心有一種好像忐忑不安的不舒服感覺。

怎麼回事啊？——她這麼說，但她聽不到自己說話的聲音，很不舒服的聲音盤旋在耳邊，即使她甩了甩頭，聲音仍然繚繞在她耳邊。

接著，她感到一陣天旋地轉，整個視野在旋轉，甚至無法好好坐在座椅上，也不知道該如何操作方向盤。她想踩煞車，但不知道煞車的位置。她想用腳去摸索，但頭暈眼花，根本碰不到煞車。

這樣會出車禍——當她閃過這個念頭時，有人用力握住了她的兩條手臂，而且她感覺到有什麼東西戴在她頭上。

「手臂放鬆。」她聽到有人在耳邊說話。

當她回過神時，發現湯川從後方探出身體，抓住了她的雙臂。車子平安地直線行駛，剛才暈眩的感覺也消失了。

「啊……我沒事了。」

「平衡感恢復了嗎？」

「恢復了。」

「好。」湯川鬆開了她的手臂，剛才並排行駛的車子已經駛到了前方。

薰察覺到湯川拿出了手機。

「我想你應該看到了，就是剛才那輛廂型車……嗯，好，那就交給你了。」

湯川掛上電話後，有一輛轎車從後方超越了他們，薰看到草薙在副駕駛座上豎起了大拇指，後方還有三輛便衣警車亮著紅色旋轉燈呼嘯而過。

「這是怎麼回事？」薰大聲地問。

「我剛才不是說了嗎？妳協助我做了實驗。」湯川若無其事地回答。

草薙和其他人在東扇島出口處成功攔下了那輛白色廂型車，他和支援的偵查員駕駛的便衣警車合作，包圍了他，然後逼迫他下了高速公路。

我們會當誘餌，歹徒一旦出現，希望你馬上逮捕——前天，湯川找草薙來到研究室，這麼告訴他。草薙聽了莫名其妙。

「我接受採訪，目的是為了挑釁歹徒。」湯川向他說明，「『惡魔之手』無法針對特定個人下手——我這麼說了之後，歹徒的自尊心一定會大受傷害，一定會鎖定某個特定人士犯案。但是，歹徒首先必須解決一個問題，那就是到底要找誰下手，又該如何預告。這次無法再像以前一樣，在網路的留言區留言。因為一旦在留言中提到某個人的名字，可能會被當事人或是當事人的親朋好友看到，到時候一定會引起軒然大波，但如果用寄信的方式，難度就更高了。因為歹徒不知道在預告信寄到之前，自己是否有機會犯案，所以歹徒很難預告到底要對誰下手。如何在不預告的情況下證明『惡魔之手』有辦法鎖定特定人士呢？我認為歹徒只有一個選擇。」

「對指出『惡魔之手』弱點的人下手嗎？」

「歹徒似乎對我有敵意，所以我認為一定會對我下手，而且我已經撒下了誘餌。」

「誘餌？」

「就是這個。」湯川說完，指著電腦螢幕。

螢幕上是帝都大學的網頁，在理工學院物理系最新消息欄內，寫了以下的內容。

磁性物理與核磁共振法研究會　主持人：湯川學（第十三研究室　副教授）

日期：六月七日　下午一點

地點：帝都大學葉山校區二號館第五會議室

「這是什麼？」

「這是一場研討會的通知，但並不會真的舉行。」
「你說這是誘餌嗎？」
「歹徒一定想辦法蒐集有關我的消息，當然會看大學的網頁，看到這個通知之後，會有什麼想法？八成會認為這是個機會。」
「這哪裡是什麼機會？」
「因為葉山校區位在交通不便的地方，從東京去那裡，必須先搭電車，然後再轉公車，所以大部分人都會開車。歹徒應該會預料到我開車前往，對歹徒來說，這當然就是機會。」
「你是說，歹徒打算在你開車前往時下手嗎？」
「八成是，所以我想請內海開車，當歹徒出現時，你們就逮捕他。」
「等一下，你是普通老百姓，我不能讓你做這麼危險的事。」
「除了我以外，沒有人能夠完成這項任務，因為我是歹徒的目標。」
「是你設了這樣的局，為什麼事先不和我討論一下？」
「一旦和你討論，你不是會反對嗎？如果你有可以逮到歹徒的替代方案，當然可以反對。」
草薙忍不住嘆著氣說：
「警察並沒有這麼無能。」
「我知道，所以我相信你們，主動成為誘餌。」

草薙搖了搖頭，看著這個從大學時代至今的多年好友，可以充分感受到他無法原諒有人濫用科學的想法。雖然湯川的思考靈活不設限，但在科學家的生活方式這件事上有頑固的信念。

「內海知道這件事嗎？」

「她並不知道，我認為她不知道比較好，因為不知道歹徒會在哪裡觀察我們，如果她知道內情卻假裝不知道，歹徒很可能會識破。」

「既然歹徒想對你下手，內海不是也很危險嗎？」

「我知道，我會保護她的安全。」湯川斷言。

之後，草薙聽湯川說了「惡魔之手」的真相和對策，雖然草薙無法完全聽懂，但他知道自己沒有退路了，只能下定決心，相信湯川。

此刻，操控「惡魔之手」的人就在眼前。

偵查員從白色廂型車上拖出一個臉色蒼白的瘦男人，他的瀏海剪得很整齊，戴著眼鏡，臉上露出害怕的表情，即使站在稍遠處，也可以發現他在微微發抖。

偵查員把他押上了便衣警車，逮捕過程很順利。

偵查員打開廂型車的滑門時，忍不住發出驚嘆的聲音。草薙從他們身後探頭向車內張望。

車內設置了一個看起來像炒菜鍋的東西，直徑大約五十公分，朝向車身左側，上面連了電線和複雜的儀器。

草薙見狀後忍不住想，湯川的推理完全正確。

12

湯川凝視細看著資料，臉上的表情沒有變化，只有驚訝地皺著眉頭。

那份資料名為「超高密度磁性記錄中磁致伸縮相關研究」，研究人員名叫高藤英治。這個人就是「惡魔之手」事件的歹徒。

「怎麼樣？」薰問他。

「我只有模糊的記憶。」

「果然是這樣。」

「但是，」湯川闔起了資料，「我只是去參加了那場學會，完全不認識這個姓高藤的研究人員，所以也不知道他為什麼要恨我。」

「高藤說，你挑剔他的研究成果。」

「挑剔？」

「他說因為這個緣故，毀了他身為科學家的路。」

「等一下。」湯川舉起一隻手制止了薰，用力閉上了眼睛。他維持這個姿勢片刻後，睜開了眼睛，「我的確曾經在那次研究發表時發問，但並不是在挑剔他，只是問了很普通的問題。」

「你問了什麼問題？」

「就是……」湯川說到這裡，乾咳了一下說：「我覺得即使說太專業的事，妳應該也聽不懂，所以我就簡單地說。他的研究很有意思，但有一個缺點，那就是必須極其有限的條件下才能夠有效發揮功能。關於這個問題，他認為，條件管理的問題在將來應該不會太困難。於是我就問他，在條件管理不再困難的情況下，磁場齒輪的方式比他的方式更有效率，而且也更便宜。順便向妳說明一下，磁場齒輪方式是我研究出來的高密度磁力記錄方式，當時他回答說，經濟性並非他唯一追求的目標。雖然我無法接受，但並沒有反駁。我和他的對話就僅此而已，怎麼樣？妳認為這是在挑剔他嗎？」

「我不是很清楚，但高藤這麼認為。」

湯川聳了聳肩，哼了一聲。

「對了，聽說你協助鑑識課的人分析了那個裝置，負責人要我向你道謝。」

「不用謝，我也剛好有興趣。」

「我以前不知道竟然可以用聲音做那種事，你在向天邊小姐瞭解情況時，就已經發現了嗎？」

「我猜想是用什麼方法破壞平衡感，因為在堀切交流道發生車禍的車子也是突然開始蛇行，而且這也可以解釋兩國的墜樓意外。無論油漆工的經驗再豐富，一旦失去了平衡感，甚至無法站立。」

「原來有方法可以破壞別人的平衡感。」

「耳朵深處有一個名叫內耳的器官，掌握了平衡感。當刺激內耳時，就會失去平衡感。問題在於用什麼方法加以刺激。最簡單的方法就是電流，但遠距離在別人的耳朵上通電並非易事，於是我想到了聲音。因為只要調整周波數，就可以跳過外耳和中耳，直接刺激內耳。事實上，國外也有可以發出這種周波數聲音的音響武器。但是，這又產生了另一個問題，如果歹徒發出這樣的聲音，照理說應該會有好幾個證人證實自己也聽到了，問題是完全沒有人這麼說。這到底是怎麼回事？於是我想到了超指向性擴音器。簡單地說，就是用超音波承載聲音送向遠方的裝置，聲音幾乎不會擴散，直接傳向定點。」

「結果這樣的推理完全正確，歹徒車子上那個像炒菜鍋的擴音器，就是你所說的裝置嗎？」

「對，我和鑑識課的人一起檢查之後，發現性能很出色。妳在開車時聽到了不舒服的聲音，但我坐在後車座時完全沒有聽到。那個裝置還設置了十二秒就會發出電子聲的計時器，應該是至少需要讓被害人聽十二秒那種不舒服聲音的時間，才能夠破壞平衡感。」

薰點了點頭。如果只是聽湯川說明這些事，應該沒有真實感，但她親身體驗過，所以比任何人更清楚「只有自己聽到的不舒服聲音」的威力。

「客貨兩用車的副駕駛座上不是放了一個紙箱嗎？其實裡面是空的，」湯川說，

「這樣我才有藉口可以坐在後車座，如果我坐在副駕駛座上，就會和妳一起遭到『惡魔之手』的摧殘。」

「原來是這樣，對了，在我失去平衡感的時候，你給我戴了一個好像耳機的東西，我的平衡感就馬上回來了，那是什麼？」

「妳是說這個嗎？」湯川從旁邊的皮包裡拿出的正是當時的耳機。

「沒錯。」

「比起口頭說明，妳親身體驗一下更能夠清楚瞭解，妳戴看看。」

薰把湯川遞給她的耳機戴在自己頭上。

「這樣就可以了嗎？」

「妳戴好之後，按一下左側的開關。」

薰按照湯川的指示按下了開關，身體立刻傾斜，差一點從椅子上掉下來。

「啊？什麼狀況？啊？怎麼回事？」

湯川笑著走過去，關掉了開關。薰的感覺也恢復了正常。

「我剛才不是說了嗎？通電是刺激內耳最簡單的方法，這個耳朵可以藉由微弱的電流刺激內耳，控制平衡感。現在設定為破壞平衡感，但當時設定無論外界有怎樣的要因，都可以維持正常的平衡感。」

「所以我才能很快就恢復正常。」

「因為萬一妳方向盤失控，我也會有生命危險。」湯川說完，偏著頭問：「你們這次會以什麼罪起訴他？有辦法以殺人罪起訴嗎？因為歹徒只是破壞了被害人的平衡感，應該只算是傷害致死罪？」

「不，會以殺人罪起訴他。」薰說。

「沒問題嗎？」

「對，」她說，然後用力點了點頭，「對了，那個超指向性擴音器是高藤之前任職的公司所開發的，高藤不久之前還在那裡擔任超音波技術的研究主任。」

「之前任職……已經變成了過去式嗎？」

「因為公司內部大幅度改組，高藤被調離了研究部門，他似乎對這件事忍無可忍，就遞了辭呈。從時間上來看，不久之後，他就開始用『惡魔之手』犯案。」

「辭職之後就自暴自棄嗎？真沒出息。」

「不，他的確自暴自棄，但並不是因為公司的關係。」

「那是為什麼？」

薰輕輕嘆了一口氣之後回答：

「因為他的女朋友被殺了。」

「啊？是這樣嗎？」

「在搜索高藤的住家之後，發現不久之前還和他同居的女人失蹤了。問了高藤之後，他說被人殺了。」

「誰殺了他女朋友？」

薰舔了舔嘴唇說：

「湯川老師。」

湯川驚愕地瞪大了眼睛，薰看著他的臉，繼續說：

「高藤這麼說。」

13

坐在對面的這個姓草薙的刑警露出觀察的眼神看了過來。高藤英治覺得他試圖看透自己的內心。你懂個屁？怎麼可能讓你輕易看透！他在內心咒罵著。

「我們已經確認了屍體的身分，的確是河田由真小姐。」

高藤沒有說話，他覺得刑警的這句話根本是脫褲子放屁。因為是自己把屍體藏在奧秩父的山裡，警方只是根據自己的供詞找到了屍體而已。

「我們問了河田小姐的老家，你知道她是山形人嗎？三年前，她因為想當演員，所以來到東京，靠打工過日子，但她父母不瞭解她的近況。你什麼時候、在哪裡認識她的？」

高藤開了口。

「半年前左右，在澀谷的劇場認識她。她剛好坐在我旁邊，也是一個人，然後我們就聊得很投機……」雖然他努力想要表現得更加落落大方，但一開口，就變成了縮頭烏龜。他告訴自己不必使用敬語，但又不敢惡言惡語。

「所以你們很快就同居了嗎？」

「我們在認識一個月左右開始一起生活。因為她付不出房租，快被房東趕出來了，於是我就問她，要不要搬來和我一起住，她就欣然接受了。」

那時候的由真很可愛。高藤回想起當時的情景，忍不住難過起來。那時候想到由真在家裡等自己，每天都快樂不已。

可惜這種宛如夢想般的日子突然改變，原因就在於公司的不當人事異動，高藤竟然被調離了研究部門。

「並不是只有你一個人調走，研究部門縮小了，技術人員當然就多出來了。董事長認為以後要走少數精銳路線，聽說你對超指向性擴音器並沒有太大的貢獻，所以以後可以去製造部門發揮實力。」上司露出不懷好意的笑容對他說。

難道我不是精銳嗎？高藤感到很受傷，轉眼之間就變成了怒氣，他一氣之下，就寫了辭呈。

回到家後，他把這件事告訴了由真。他確信由真也會同意他的做法，因為她經常說：「你根本是天才。」

沒想到由真得知他辭職之後，說了意想不到的話。

她竟然說，你腦筋有問題嗎？

「做什麼工作根本不重要，三十多歲的大叔竟然就這麼輕易辭職？這樣不好吧？

真傷腦筋，你變成無業遊民了嗎？」

「我想在認同我實力的地方工作。」

「好、好，我知道，我知道。不要再說了，你想怎麼樣都隨便。」由真說著，把自己的衣服塞進了皮包。

「妳在幹嘛？」

「你看不懂嗎？我要搬出去，我不能繼續在這裡和你耗時間，既然你已經沒有賺錢能力了，和你在一起就失去了意義，我之前就想要搬出去，所以現在剛好。」

由真拿出手機開始寫電子郵件。高藤注視著她的背影，覺得渾身的血都往腦袋衝，心跳也加速，意識開始朦朧。

「不好意思，一直問相同的問題。」草薙的聲音把高藤的意識拉回了現實，「你為什麼殺她？」

高藤好像顫抖般微微搖頭說：

「我沒殺她……」

草薙無力地撇著嘴角。

「這種謊言怎麼騙得了警察？屍體的脖子上有抓痕，那是兇手在勒脖子時留下的，從抓痕中發現了你的指甲垢，ＤＮＡ檢查已經證實了這一點。即使證據擺在面前，你還想裝糊塗嗎？」

高藤垂下了頭。他無法承受刑警嚴厲的眼神。

他記得由真正在寫電子郵件的背影，之後，當他回過神時，她已經躺在地上一動也不動了。

為什麼會這樣？他不停地自問自答。

如果公司沒有提出那樣的要求，如果沒有把我調離研究部門。不，當初進那家公司就是一種錯誤，原本想去其他公司，而且照理說應該可以進那家公司。曾經有企業對自己在研究所的研究課題很感興趣，原本打算在學會發表，受到高度肯定之後，就帶著研究成果進那家公司。沒想到那家公司突然毀約，對自己的研究失去了興趣。

全都是因為學會上發生的那件事。

不知道是哪一所學校的一個姓湯川的副教授挑剔自己的研究，自己就是因為那件事栽了跟頭，在那之後，所有的事都出了問題。

最近從朋友口中得知，媒體大肆報導的T大Y副教授就是湯川。那個朋友也是帝都大學的畢業生，得意地拿出了週刊雜誌報導的影本。高藤向他要了那份影本，用圖釘釘在家中的牆上，提醒自己早晚要報一箭之仇。

他低頭看著由真的屍體，覺得現在就是報仇的時刻。一定要犯下那個男人也無力解決的事件，讓所有人知道自己有多優秀。

「我再問你一次，」草薙說：「人是不是你殺的？」

高藤動了動嘴巴，他的呼吸急促。

「全都是那個傢伙的錯，都怪湯川。所以……所以……由真才會死。」

14

草薙把將近兩公升的「久保田　萬壽」清酒放在桌子上，湯川挑了挑右側的眉毛。草薙和他認識多年，知道這是他動心時特有的表情。

「改天再好好謝你，今天先帶了伴手禮過來。」

「我並不需要你道謝，但這瓶酒我就不客氣收下了。」湯川拿起清酒，放在自己的桌子下方。

「我想你應該已經聽內海說了，歹徒殺了和自己同居的女人。雖說是同居，但那個女人原本就不打算和他同居太久，只是因為和他住在一起不必為錢發愁，白天他去上班時也很自由，所以就心血來潮住了下來。她對朋友說，打算近日搬離，沒想到高藤很迷戀她，那種類型的人很可怕。」草薙回想起高藤蒼白的臉說道，「總之，光是那些殺人案就可以起訴他，再加上還有『惡魔之手』事件，檢方到時候可能會問你的意見，到時候就拜託了。」

湯川沒有回答，背對著草薙，開始泡即溶咖啡。

草薙抓了抓頭。

「我知道對你很不好意思，你因為我們的關係，經常被捲入莫名其妙的事件，以後我們會謹慎行事，極力避免這種情況發生，所以請你別生氣了。」

湯川拿了兩個馬克杯走了回來，把其中一杯放在草薙面前。

「我並沒有生氣，雖然把我捲入事件真的很頭痛。」

「所以我不是說了嗎？以後會避免這種情況發生，但從這次的事件就可以發現，犯罪越來越複雜了，使用高科技犯罪的歹徒也會增加，這種時候，就需要你這種人才，所以希望你以後也能繼續助我們一臂之力。」

湯川板著臉喝著咖啡，似乎並不打算回答。

「我在這次辦案過程中，調查了很多關於你的事。」

湯川聽到草薙這句話，皺起了眉頭問：

「調查我什麼？」

「簡單地說，就是你的人際關係。因為我們認為『惡魔之手』是對你有敵意的科學工作者，所以我們就查訪了你的周遭，是否有這樣的人。這是身為刑警的職責。」

「是喔，結果呢？」

「先說結論，幾乎沒有人對你協助警方辦案一事有負面的評價，姑且不論對你這個人本身的評價，但身為科學家的你受到高度肯定，也受到尊敬，所以你協助警方這件事並不是完全沒有好處——」

「等一下，」湯川伸出手制止了草薙，「你說姑且不論對我這個人本身的評價是什麼意思？」

「喔……」草薙摸了摸下巴，「就是暫且擱置不談的意思。」

「不必擱置不談，對我這個人的評價如何？」

草薙吸了一口氣，一臉無奈的表情看著朋友的臉問：

「你想聽嗎？」

「那當然——」湯川說到這裡，乾咳了一下，搖了搖頭說：「不，還是不聽為妙，無論別人怎麼看我，我都會堅持自己相信的路。」

「是嗎？但有一句話非說不可，大家都說你是一個出色的科學家。」

「不必再說了。」湯川靠在椅背上，喝著咖啡。

完

歡迎加入**謎人俱樂部**！為了感謝您對皇冠出版的推理、驚悚小說的支持，我們特別規劃推出讀者回饋活動，您只要按照規定數量蒐集每本書書封後摺口上的印花（影印無效），貼在書內所附的專用兌換回函卡上，並詳填個人資料後寄回，便可免費兌換謎人俱樂部的專屬贈品！詳細辦法請參見【謎人俱樂部】活動官網。

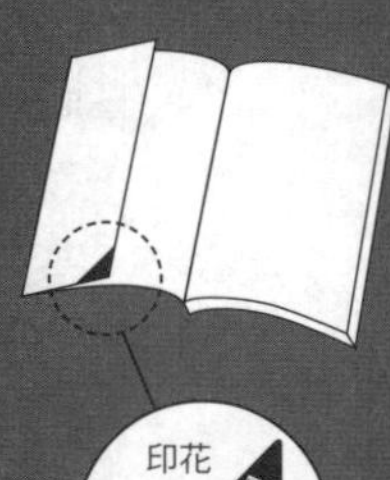

【謎人俱樂部】臉書粉絲團
www.facebook.com/mimibearclub

□集滿4個印花贈品（二款任選其一）：

A：【推理謎】LOGO皮質燙銀典藏書套一個
（黑色，25開本適用，限量1000個）

B：【推理謎】吉祥物『獨角獸』圖案皮質燙金典藏書套一個
（咖啡色，25開本適用，限量1000個）

□集滿8個印花贈品（二款任選其一）：

C：【推理謎】LOGO皮質燙金證件名片夾一個
（紅色，11.5cm x 8.6cm，限量500個）

D：【推理謎】吉祥物『獨角獸』圖案環保購物袋一個
（米色，不織布材質，41.5cm x 38.6cm，限量1000個）

□集滿12個印花贈品（二款任選其一）：

E：【推理謎】LOGO不鏽鋼繩鑰匙圈一個
（限量500個）

F：【推理謎】吉祥物『獨角獸』圖案馬克杯一個
（白色，320cc容量，限量500個）

謎人俱樂部會不定期推出最新限量贈品提供兌換，
請密切注意活動官網和粉絲專頁。

【注意事項】

◎本活動僅限台灣地區讀者參加。

◎贈品兌換期限自即日起至2025年12月31日止（以郵戳為憑）。

◎贈品圖片僅供參考，所有贈品應以實物為準。

◎所有贈品數量有限，送完為止。如讀者欲兌換的贈品已送完，皇冠文化集團有權直接改換其他贈品，不另徵求同意和通知。贈品存量將定期在【謎人俱樂部】活動官網上公佈，請讀者在兌換前先行查閱或直接致電：（02）27168888分機114、303讀者服務部確認。

◎皇冠文化集團保留修改或取消謎人俱樂部活動辦法的權利。辦法如有更動，將隨時在【謎人俱樂部】活動官網上公佈。

國家圖書館出版品預行編目資料

伽利略的苦惱 / 東野圭吾 著；王蘊潔 譯. -- 初版.
-- 臺北市：皇冠, 2020. 12
面; 公分. --(皇冠叢書; 第4896種)（東野圭吾作品集；36)
譯自：ガリレオの苦悩
ISBN 978-957-33-3635-8(平裝)

861.57　　109016640

皇冠叢書第4896種
東野圭吾作品集36

伽利略的苦惱

ガリレオの苦悩

作　　者—東野圭吾
譯　　者—王蘊潔
發 行 人—平　雲
出版發行—皇冠文化出版有限公司
台北市敦化北路120巷50號
電話◎02-27168888
郵撥帳號◎15261516號
皇冠出版社(香港)有限公司
香港銅鑼灣道180號百樂商業中心
19字樓1903室
電話◎2529-1778　傳真◎2527-0904
總 編 輯—許婷婷
責任編輯—平　靜
美術設計—王瓊瑤
著作完成日期—2008年
初版一刷日期—2020年12月
初版五刷日期—2024年6月
法律顧問—王惠光律師

讀者服務傳真專線◎02-27150507
電腦編號◎527034
ISBN◎978-957-33-3635-8
Printed in Taiwan
本書定價◎新台幣380元/港幣127元

謎人俱樂部贈品兌換卡

我要選擇以下贈品（須符合印花數量）：□A □B □C □D □E □F

1	2	3	4
5	6	7	8
9	10	11	12

【個人資料蒐集、利用及處理同意條款】

您所填寫的個人資料，依個人資料保護法之規定，皇冠文化集團將對您的個人資料予以保密，並採取必要之安全措施以免資料外洩。您對於您的個人資料可隨時查詢、補充、更正，並得要求將您的個人資料刪除或停止使用。

本人同意皇冠文化集團得使用以下本人之個人資料建立該集團旗下各事業單位之讀者資料庫，做為寄送出版或活動相關資訊、相關廣告，以及與本人連繫之用。本人並同意皇冠文化集團可依據本人之個人資料做成讀者統計資料，在不涉及揭露本人之個人資料下，皇冠文化集團可就該統計資料進行合法地使用以及公布。

□同意　　□不同意

我的基本資料

姓名：______________________

出生：________ 年 __________ 月 __________ 日　　性別：□男 □女

職業：□學生 □軍公教 □工 □商 □服務業

□家管 □自由業 □其他 ______________________

地址：□□□□□ ______________________

電話：（家）______________________ （公司）______________________

手機：______________________

e-mail：______________________

我對【東野圭吾作品集】系列的建議：

寄件人：

地址：

北區郵政管理局登
記證北台字1648號
免 貼 郵 票
〔限國內讀者使用〕

105020
台北市敦化北路120巷50號
皇冠文化出版有限公司　收